ビギナーズ・クラシックス　日本の古典

小林一茶

大谷弘至＝編

◆はじめに◆

小林一茶が生涯に詠んだ俳句の数は二万句以上にのぼります。しかもそれらの作品は多様性に富んでいますので、一茶の全体像を摑《つか》むのは容易なことではありません。

これまで一茶の俳句については、さまざまな研究がおこなわれ、さまざまな言及がなされてきました。しかし、まだまだその世界はじゅうぶんには語り尽くされていないのです。

それどころか、一茶に対しては、ひねくれ者であるとか、ケチであるとか、強欲であるとか、その境涯にもとづく偏見が根強くあり、よく知られた句についてさえも、正当に鑑賞されているとはいい難い状況にあります。

本書では一茶の多様な作品世界について、そうした偏見を取り除き、可能なかぎり、あるがままのすがたを描き出すことに努めました。

また、俳句を取り上げるにあたって、一茶の人生や思想に転機があったときの作品を優先して選んで鑑賞しました。

こうしたことが結果として、あたらしい一茶像を生み出すことになっていれば、編者としてこれ以上の喜びはありません。

一茶が生きた時代には、浅間山の大噴火、天明の大飢饉《ききん》など、天災とそれにともなう人災が起こり、政治・経済は大きく混乱していました。いっぽうで大衆文化が形成された時期でもあり、世の中は混沌《こんとん》とした状況だったのです。私たちが生きている現代にとてもよく似ています。

そうした世の中を生きていく上で、悩み、苦しみ、そして喜んだこと。一茶はそれを当時の一市民のことばで率直に俳句にしました。一茶の俳句や生き方は現代のわたしたちの悩みに解決のきっかけを与えてくれるかもしれません。

俳句や一茶について、はじめてふれるという方が、本書をきっかけにして興味を深めていかれることを心から願っています。

◆目次◆

修養時代

父の死

江戸での一茶（本所相生町時代）

江戸での一茶（『七番日記』の時代）

『おらが春』の世界

晩年

凡例

・一茶の時代、「俳句」は「俳諧《はいかい》」、「発句」などと呼ばれていたが、本書では、入門書ということを考慮し、「俳句」という表記で統一した。
・句の表記については、原則として『一茶全集』（信濃毎日新聞社刊、一九七九年）に依った。ただし仮名遣いに関して、底本の表記が歴史的仮名遣いと異なる場合は、（ ）で歴史的仮名遣いを示した。
・季語については、『俳句歳時記 第四版』（角川文庫）の分類をもとにした。句中に使われている季語が傍題である場合には、歳時記の見出し季語を挙げ、（ ）で傍題を補った。

小林一茶の生涯

一、一茶の時代

一茶《いっさ》は江戸後期の俳人である。宝暦《ほうれき》十三年（一七六三）、信濃国柏原《しなののくにかしわばら》（現・長野県信濃町）に小林弥五兵衛、くにの長男として生まれた。幼名を弥太郎という。小林家は柏原でも中の上くらいの農家であった。

当時、柏原は戸数約百五十戸、七百人ほどが住む小さな村であったが、寒村というわけではなく、北国《ほっこく》街道沿いにあって、街道の発達とともにあたらしく拓かれていった宿場町であった。

当時、北国街道はおおくの人や物が行き来した。たとえば加賀《かが》の前田家が参勤交代で通ったのもこの街道である。また、農閑期になれば、たくさんの出稼ぎの人たちがこの街道を通って江戸へ向かった。北国街道は江戸と北陸をつなぐ重要な街道であった。

一茶の生家はその北国街道沿いにあった。目の前の道は江戸へ通じる道である。柏原には江戸の文化や物、最新の情報が入ってきたことだろう。

柏原は日本でも有数の豪雪地であるため、ひとたび雪が降れば、固く閉ざされてしまうが、そういった不便がありながらも、文化水準や生活水準は、ほかの地域とくらべて、けっして低いものではなかった。

たとえば柏原には知識人がいた。

一茶が子どものころ、長月庵若翁《ちょうげつあんじゃくおう》という俳人が柏原に住んでいた。もともと肥前国《ひぜんのくに》大村《おおむら》（現・長崎県大村市）藩士であったが、藩主の急逝にあったことをきっかけに脱藩、以後、俳人として諸国を放浪する。柏原では寺子屋を開き、子どもたちに読み書きを教えており、一茶も若翁に学んだのではないかといわれている。

こうした例は、各地にあって、寺子屋の数は江戸時代を通じて一万を越えるともいわれている。農家の出身である一茶が俳人になれたのは、こうした庶民教育の充実という背景があった。

一茶の時代は大衆の時代である。

日本全国から人びとがあつまった江戸は当時世界最大の人口を有し、たいへんな繁栄を誇ったが、そこに暮らす大半は庶民であった。かれらは寺子屋でひととおり読み書き算盤《そろばん》を習っている。そうした人びとが江戸の大衆文化を形成していったのだ。大衆文化は江戸から日本各地へ伝播《でんぱ》していくが、先述のように地方の庶民の文化水準もまた、それまでの時代にくらべて、はるかに高いものになっていた。

もともと日本の詩歌は限られた人びとの楽しみであった。『万葉集』にせよ『古今和歌集』にせよ、和歌はおもに宮廷の貴族たちのあいだで生まれ、発展していった。室町後期から江戸初期にかけて、ようやく庶民の文芸といわれる俳句（俳諧《はいかい》）が生まれるが、そのはじめはやはり、限られた人びとのものであった。

たとえば元禄《げんろく》（一六八八〜一七〇四）の芭蕉《ばしょう》の時代になっても、俳句（俳諧）に遊ぶことができたのは、武士階級や僧が主で、ほかには裕福な商人くらいであった。読み書きができるということはもちろんのこと、古典に関する知識と経済的な余裕がなければ、詩歌に遊ぶことはむずかしかった。芭蕉の時代は戦乱の世が終わってから百年と経っておらず、島原《しまばら》の乱から約五十年、まだまだ庶民には余裕がなかった。

ひるがえって、一茶が生きた時代は、庶民が読み書きを覚えたこと、また、ある程度の経済的余裕を得たことで、娯楽や文化を享受できるようになった。それにともなって、そういった庶民層へ向けて物が創られるようになる。大衆文化の誕生である。

たとえば絵画をみてみよう。一茶の同時代人、葛飾北斎《かつしかほくさい》といった絵師たちは、肉筆画よりも浮世絵を描いた。浮世絵は木版によって安価に大量生産することが可能であり、大衆によって大量消費された。浮世絵が大流行していたのだ。

かれらが描いたのは、たとえば日本各地の名所であったり、そのとき人気があった役者たちである。それは庶民が観光を楽しみ、歌舞伎に熱を上げていたからであり、そうした現実的要求に応《こた》えたのである。

それは一つ前の世代の与謝蕪村《よさぶそん》や池大雅《いけのたいが》といった絵師たちが裕福層のパトロンに依頼されて、一点物の肉筆画を描いていたのとは、大きな違いがある。かれらは中国の古典を題材にした理想郷（山水図）を描いたが、そういったものは庶民の求めるところではなかっただろう。

文芸においても同様である。滝沢《たきざわ》（曲亭《きよくてい》）馬琴《ばきん》は『南総里見八犬伝』など戯作といわれる大衆向けの小説を書いて、原稿料だけで生計をたてる最初の作家となった。

この時代、物を作るということは、大衆の要求に応えるということであった。それは現在では、ごくふつうのことであるが、それまでの時代では考えられないことであった。

庶民は芝居小屋に出かけては、歌舞伎や人形浄瑠璃を楽しんだ。あるときは、貸本屋で戯作を借りて楽しんだ。またあるときは、整備された街道を旅し、観光旅行を楽しんだ。本編でもあらためてふれるが、こうした庶民の暮らしぶりは現代のわれわれとそう大きくかわるものではない。

日本における近代というものをどう定義するか、また、その始まりをいつにするかということについては諸説あるが、こうした大衆の誕生とそれにともなう大衆文化の興隆ということをひとつの区切りにするとすれば、すでに一茶の時代、ことに文化文《ぶんかぶん》政《せい》時代（一八〇四年～一八三〇年）において、すでに近代は始まっていたと考えることができる。

一茶は大衆として生まれ、大衆として生き、大衆のことばで俳句を詠んだ。これは現代を生きるわれわれの姿にかぎりなく近い。一茶の俳句が、いまなお多くの人びとに親しまれる理由のひとつであろう。

二、一茶の人生とその思想

一茶はほんらいであれば、農家の主として柏原で一生を過ごすはずであった。一茶もそれを望んでいた。

運命の歯車が狂ったのは、母の死である。一茶は三歳で母親を失った。以来、苦難の人生を歩むことになる。

母がなくなってからは、祖母が母代わりとなって、一茶を育てていたようであったが、一茶が八歳のときに父が再婚し、継母《ままはは》・さつ（一説に「はつ」とも）が家にやってくる。

不幸なことに、一茶はこの継母と折り合いが悪かった。一茶は継母からいじめに遭った。いまでいえば幼児虐待である。

再婚から二年後の安永《あんえい》元年（一七七二）、父と継母の間に男子が生まれる。異母弟・仙六（「専六」とも）である。仙六が生まれてからというもの、継母からの虐待はいっそうひどいものとなった。

安永五年（一七七六）、一茶の味方をしてくれていた祖母が亡くなる。その翌年、一茶は江戸へ奉公に出される。長男が家を出されることは、当時としては極めて稀なことであった。一茶、十五歳の春のことであった。

一茶がふたたび故郷で暮らすことができるようになるまでに、四十年近くの歳月がかかる。その間、一茶は江戸で貸家を借りるなどして拠点を持ちながら、旅に暮らすという日々を送ることになる。

一茶の苦難についてふれようとすれば枚挙に暇がない。

文化十一年(一八一四)、五十二歳で信濃に帰ってからも幼い子どもたちをあいついで亡くし、年少の妻に先立たれ、晩年は大火で家を焼け出されてしまう。

こういった悲劇の連続ゆえに、一茶はかわいそうな人だといわれる。また、そのせいで、ひねくれたといわれる。一茶という人を語るとき、また、その俳句を語るとき、どうしてもそうした偏見がつきまとってしまう。

しかし、一茶の人と作品をみていく上で、いちばん大事なのは、一茶がいかにかわいそうな人であるかということではなく、一茶が人生上の苦難をいかにして乗り越えていったか、そしてどのように作品にそれを昇華していったかということである。そこに一茶の思想が集約されているのだ。

今後いっそう厳しさを増していくと思われる現代社会を生き抜いていくための智慧や手がかりを一茶の思想から見出すことができるはずである。

この点は本編でその都度ふれていきたい。

最後に本書の構成について述べておく。

冒頭に「よく知られた一茶」として、まず一茶の有名な句を挙げておいた。これには理由がある。ひとつは、はじめて一茶の世界にふれる人のためである。誰もがいちどは目にしたり、耳にしたりしたことがあるであろう句について、まず知ってもらったほうがいいということからである。

一瓢刻　一茶木像（正面）
（『一茶の総合研究』矢羽勝幸編より）

もうひとつは明治時代に入って、正岡《まさおか》子《し》規《き》が一茶の特徴を「主として滑稽、諷刺、慈愛の三点にあり」と指摘して以来、一茶につきまとっている、もうひとつの偏見、「一茶の句は子ども向けであり、深みがない」ということについて再検討するためである。

子規の指摘は一面においてはそのとおりであるが、あくまでも一茶の一側面でしかない。子規が強調した側面がよく出ている句が、一茶のよく知られた句になってしまっているのである。

「修養時代」以降は、編年体をとっている。一句が詠まれた背景をみていくことで、おのずから一茶の生涯を追っていけるように心がけた。

一茶にはおおくの著作がある。一茶の手によって公に刊行されたものとしては、初期の選集『たびしうゐ』と『さらば笠』、江戸を去る際に刊行した選集『三韓人』といったものがある。しかし、いずれも一般には知られていない。

一茶の場合、むしろ公に刊行されなかった作品のほうが、知られている。

その代表作といえば、『父の終焉日記』、『おらが春』といった句文集であり、句日記でいえば、『七番日記』ということになろう。これらは生前に刊行されたものではなく、完成作とはいえないかもしれないが、かなり整えられたものである。

父の死を記した『父の終焉日記』は、看病中の心の葛藤《かっとう》を生々しく描いていることから、近代私小説の先駆的作品ともいわれる。

娘・さとの死などを記した『おらが春』は一茶の思想の到達点を示すものである。

いずれも一茶を知る上で重要なものであるため、それぞれ一章ずつ立てることにした。その内容を紹介しつつ、一茶の真の姿に迫っていきたい。

一茶は句帖や句日記をこまめに記していた。『七番日記』は一茶が俳人としてもっとも脂の乗った時期の句を収録している。これについても一章を立てた。

一茶の句を読みながら、一茶の人生を知ることができるような構成を心がけた。一茶を知るためのきっかけにしていただければ幸甚である。

よく知られた一茶

我《われ》と来《き》て遊《あそ》べや親《おや》のない雀《すずめ》（『おらが春《はる》』文政二年《ぶんせいにねん》）

私《わたし》と一緒《いっしょ》にここへ来《き》て遊《あそ》びなさい、親《おや》のない子《こ》雀《すずめ》よ。

✽季語は「雀《すずめ》の子《こ》」で春。

親のない雀とは、かつての一茶《いっさ》自身の姿にほかならない。一茶は三歳で母くにを亡くしている。その後、継母《ままはは》・さつ（はつ）がやってくるが、折り合いが悪く、異母弟・仙六《せんろく》が生まれてからは、いっそう険悪な仲になった。一茶は深い孤独を抱えて幼少期を過ごした。

『父《ちち》の終焉日記《しゅうえんにっき》』別記には次のようにある。

仙六《せんろく》むづかる時《とき》は、わざとなんあやしめるごとく父母《ちちはは》にうたがはれ、杖《つゑ》のうきめ当《あ》てらるゝ（事《こと》）日《ひ》に百度《ひゃくど》、月《つき》に八千度《はっせんど》、一《ひと》とせ三百五十九日《さんびゃくごじふくにち》、目《め》のはれざる日《ひ》もなかりし。

異母弟《いぼてい》の仙六がむずかる時《とき》は、いつも一茶のせいにされ、杖《つえ》で折檻《せっかん》されたという。日《ひ》に百度《ひゃくど》、月《つき》に八千度《はっせんど》というのは、あまりにも大《おお》げさであるが、あくまでも当時の誇張表現であって、それだけ多くの回数、折檻《せっかん》にあっていたということをいっているわけである。

継母が来てからというもの、一茶は生きた心地がしなかっただろう。『おらが春《はる》』での、この句の前文は次のようになっている。

「親《おや》のない子《こ》ハどこでも知《し》れる、爪《つめ》を咥《くは》へて門《かど》に立《たつ》」と子《こ》どもら二唄《うた》はるゝも心《こころ》細《ぼそ》く、大《おほ》かたの人交《ひとまじは》りもせずして、うらの畠《はたけ》ニ木《き》萱《かや》など積《つみ》たる片陰《かたかげ》に踞《かがま》りて、長《なが》の日《ひ》をくらしぬ。我身《わがみ》ながらも哀也《あはれなり》けり。六才弥太郎《ろくさいやたろう》

家の内では継母にいじめられ、外では親のない子といじめられたのだ。一茶には居場所がなかった。どこにいても孤独であった。

一茶はそれを終生、心の傷とした。「我身《わがみ》ながらも哀也《あはれなり》けり」ということばが、それをよくあらわしている。

ほんらい、人は誰であれ他人とは違う。いまの常識でいえば、それは当たり前のこ

とであるが、「家」という概念が絶対的であり、家庭のありようが固定化していた江《え》戸《ど》時代の農村にあっては、一茶の孤独は理解されないことであった。

こうしたいじめにあうことで、一茶はじぶんが他の人とは違う境遇にあることを嫌でも気づかされたのであった。

孤独と引き換えに、幼くして一茶が気づいたもの、それは「自我」ということになるが、それはのちに一茶の俳句にとって、大きな養分となっていく。

こうした境遇から、一茶は世を拗《す》ねた人だ、ひねくれた人だなどといわれることが多いが、それは誤りである。一茶は我が身をただ哀れに思うだけでなく、その哀れを人生の中で克服していき、俳句に昇華していった。

このことは「自我」の問題とともに、追々述べていきたい。

【参考】

『おらが春』ではこの句を詠んだのが「六才弥太郎《ろくさいやたろう》」となっているが、もちろん、これはフィクションである。弥太郎とは一茶の幼名である。

たとえば〈こいこいといへど蛍《ほたる》が飛《と》んで行《ゆ》く〉は元禄《げんろく》の俳人、上島鬼貫《うえじまおにつら》の句であるが、八歳の時に詠んだ句であることを『独《ひと》ごと』のなかで、みずからいっている。鬼貫の早熟の才を示すものといえよう。

いっぽう一茶の場合、自身が天才少年であったと見栄《みえ》を張りたいわけではなく、『おらが春』の創作上、少年時代のみずからの思いに迫っていく上で、六歳の作としたほうが効果的であると判断したのではないか。

この句、はじめは〈我《われ》と来《き》て遊《あそ》ぶや親《おや》のない雀《すずめ》〉（『七番日記《しちばんにっき》』文化《ぶんか》十一年）だった。〈遊べや〉と呼びかけにすることで、子雀との距離感がいっそう親しいものとなっている。

雪《ゆき》とけて村《むら》一《いっ》ぱいの子《こ》ども哉《かな》　（『七番日記《しちばんにっき》』文化十一年《ぶんかじゅういちねん》）

雪《ゆき》がとけて、春《はる》が来《き》た。小《ちい》さな村《むら》がいっぱいになるくらい、たくさんの子《こ》どもたちが外《そと》に遊《あそ》びに出《で》て来《き》たことよ。

✽季語は「雪解《ゆきどけ》」で春。

じっに平易な詠みぶりである。難しいことばは一つも使われていない。それゆえに童謡のようでもあり、一茶の俳句が子ども向けのものであると軽んじられる原因となっている句の一つである。

しかし、この句などは、簡単なようにみえて、実際に詠もうとすれば、なかなかこうは詠めないものであるし、大人が読んでも十分、鑑賞に堪えうるのではないだろうか。

なによりも、雪解けのよろこび、それはすなわち春が来るよろこびであるが、そのよろこびが、これほどまでに、まっすぐ生きいきと伝わってくる句は他にないだろう。小さな村にこんなにもたくさんの子どもたちがいたのかという驚きもある。

一句の舞台は雪国の山村である。一茶の故郷、信州柏原《しんしゆうかしわばら》（現・信濃町《しなのまち》）は日本屈指の豪雪地帯である。降り積もる雪の高さは平均で一メートルほどにもなる。そのため、子どもたちは冬の間は外で遊べず、家の中に押しこめられてしまう。その間、何をやらされるかというと、家事や内職の手伝いや読み書きそろばんである。これは遊び盛りの子どもたちにはとても辛《つら》いことである。

そんな子どもたちにとって、雪が解けて、春が来るということは、そういった苦痛から解放されるということを意味する。ゆえによろこびも一入《ひとしお》である。

この句、一茶の子どものころの実体験が元になっているとみて、間違いないだろう。雪国の生活感がよく出ている。こうした句は雪国に育った人にしか詠むことができない。そういった点でも貴重である。

この句が詠まれた文化十一年（一八一四）は、長年の遺産相続交渉がまとまり、いよいよ故郷柏原へ帰住し、生家での生活を始めようという年である、そうした心の充実が、こうしたよろこびに満ちた句を生んだのではないだろうか。

【参考】

『七番日記』の日付（一月十一日）を見るかぎり、この句は一茶が江戸にいるときに詠んだものである。したがって、目の前の光景を詠んだというわけではなく、故郷の様子を回想しながら詠んだものであろう。

同年三月五日には、〈雪《ゆき》とけて町一《まちいっ》ぱいの雀《すずめ》〈子共《こども》〉哉《かな》〉と改作しているが、やはり元の方がいい。町では規模が大きくなってしまうし、雀では生きいきとした感じが弱まってしまう。

ほかに〈雪《ゆき》とけて村一《むらいっ》ぱいの子《こ》ども哉《かな》〉（『浅黄空《あさぎぞら》』）、〈雪《ゆき》げして町一《まちいっ》ぱいの子《こ》ども哉《かな》〉（『自筆本《じひっぽん》』）の形がみられる。

痩蛙《やせがへる》《ガエル》まけるな一茶《いっさ》是《これ》に有《あり》（『七番日記《しちばんにっき》』文化十三年《ぶんかじゅうさんねん》）

痩《や》せ蛙《がえる》よ、負《ま》けるな。おまえの味方《みかた》、一茶《いっさ》がここにいるぞ。

✽季語は「蛙」で春。

竹ノ塚《たけのづか》（現・足立区《あだちく》）の炎天寺《えんてんじ》で詠んだ句。『希杖本一茶句集《きじょうぼんいっさくしゅう》』に〈むさしの国竹《くにたけ》の塚《づか》といふに、蛙《かはづ》たたかひありけるに見《み》にまかる、四月二十日《しがつはつか》なりけり〉と前書きがある。

「蛙たたかひ」とは、蛙合戦（蛙軍）のことであり、繁殖期の蛙が大勢で争うように交尾をする様子を合戦に見立て、それを鑑賞するものである。

人口に膾炙《かいしゃ》した句ということもあり、さまざまな解釈がなされている句であるが、なかには一茶の性欲を蛙に託したものとみる下世話な解釈もある。ギラギラとした眼で一茶が痩蛙を応援しているというのだ。蛙合戦が雌を取り合うものであるとはいえ、一茶への偏見が過ぎよう。

たとえば、仮にそれが〈勝て勝て〉などと囃《はや》しているのであれば、そういった解釈もわからなくもないが、痩せ蛙に対して、〈負けるな〉といっているのである。〈負けるな〉ということばは、挫《くじ》けそうな者を励ますときにつかうことばである。そこに社会的弱者を応援する気持ちが託されていることは明らかであろう。一句にこめられた一茶の素朴な思いを素直に受け取ればいいのではないだろうか。

〈まけるな一茶是に有〉。ここで一茶はじぶんの名前を一句のなかに詠みこんでいるが、かくいう一茶自身もまた、社会的弱者にほかならないことをわれわれ読者は知っている。弱い者が弱い者をじぶんのことのように応援している。それゆえに感動的なのである。

前例として、芭蕉《ばしょう》も〈発句《ほっく》なり松尾《まつお》桃青宿《とうせいやど》の春《はる》〉と、みずからの名前（桃青とは芭蕉の別号《べつごう》）を一句に詠みこんでいるが、一茶の句のような感動は薄い。一茶の句も芭蕉の句も見得を切ったような詠みかたなのだが、芭蕉の句は恰好《かっこう》がついたところで終ってしまっている。これはこの句に限らず、一茶と芭蕉の個性の違いとして全般にいえることである。

じぶんの名前を詠みこんで、これだけの効果を上げている例は他にない。

【参考】

「是に有」は武将が合戦で名乗りをあげるときの科白《せりふ》。一茶も講談師による軍談などで聞き知っていたであろう。こうして詠みこむと、おどけた調子になる。

この句が詠まれたという四月二十日は、日記上は信州小布施《おぶせ》にいることから、小布施の岩松院《がんしょういん》で詠んだ句であるとする説もある。

名月《めいげつ》をとってくれろと泣子《なくこ》哉《かな》（『句稿消息《くこうしょうそく》』文化十年《ぶんかじゅうねん》）

空《そら》に浮《う》かぶ名月《めいげつ》を取《と》ってくれろと泣《な》いている子《こ》どもだことよ。

✽季語は「名月」で秋。

「お月様を手に取ってほしい」。それは大人にはなかなか感じることができないような新鮮な感情である。一茶はそれを俳句にした。

この句、子どもがいったこととして詠んであるが、実際には一茶自身の思いであったらしい。

文化十年（一八一三）六月十五日、旅中、一茶の尻にデキモノができ、次第に悪化、痛みを増して高熱を発するようになる。善光寺《ぜんこうじ》門前の薬種商、上原文路《うえはらぶんろ》宅でそのまま七十五日間、病臥《びょうが》してしまう。文路は一茶の弟子である。嫌な顔もみせず、師匠を手厚く介抱した。この間、各地の弟子たちが見舞いに駆けつけており、一茶が慕われていたことがわかる。

同時の作として、

名月《めいげつ》や寝《ね》ながらおがむていたらく
名月《めいげつ》やとばかり立居《たちゐ》むつかしき

といった句が並んでいる。いずれも起居できずに困った様子である。

こうした状況から考えるに、〈名月をとってくれろと泣子哉〉は、起居のままならない自身の思いを詠んだのであり、それを泣子の姿に仮託したということではないだろうか。泣いている子が一茶の分身のようにみえてくる。

もし、自分が元気に立てるならば、あの月を取れるのにという思いが、一茶にはあったにちがいない。

ただし、一茶は創作の動機にこだわっていない。のちに『おらが春』にも収録されるが、〈名月を〉の句は、自信作であったとみえ、こんどは、さながら娘・さとが名月をとってくれといったかのような句にみえてくる。

もちろん一茶がこの句を詠んだときには、一茶にはまだ子どもはなかった。こういったことから、『おらが春』がたんなる記録や日記ではなく、創作的意図をもって周到に構成された作品であることがわかる。

【参考】

夏目成美《なつめせいび》はこの句について「鬼貫《おにつら》が口気《こうき》あり」と評している。鬼貫は元禄期の俳人。芭蕉と同時代の人で、のちに「東の芭蕉、西の鬼貫」と高く評価された。俳諧の至誠を説いて、口語や擬音語を駆使した作風で知られる。

また、『七番日記』では〈あの月をとつてくれろと泣子哉〉であった。より口語的なぶん、この句形のほうが口馴染みがいい。

雀《すずめ》の子《こ》そこのけ〳〵御馬《おうま》が通《とほ》《トオ》る　（『八番日記《はちばんにつき》』文政二年《ぶんせいにねん》）

雀《すずめ》の子《こ》よ、そこを退《ど》くのだ。お偉《えら》い方《がた》を乗《の》せた馬《うま》が通《とお》ってゆくぞ。

✽季語は「雀《すずめ》の子《こ》」で春。

大名行列だろうか、あるいは伝令の馬か。呑気《のんき》に道の真ん中で遊んでいる子雀に注意を促しているところである。蹴飛《けと》ばされたり、踏まれたりしないように気遣っているのだ。

この馬が何の馬であるかということについては諸説ある。たとえば、子どもが竹馬などに乗って遊んでいる様子とする説とか、駄馬が通りがかったとする説である。しかし、何といっても一茶という人は反体制の人である。〈づ（ず）ぶ濡《ぬ》れの大名《だいみやう》を見《み》る巨燵《こたつ》かな〉と詠む人である。

権力を振りかざして威圧的にふるまう人間が、無垢な子雀を蹴散らして行こうとする様子の緊迫感とあわれさこそが、一句の核心である。日頃から権力に対する反発心をもっていた一茶の心の反映であり、一茶の意図はそこにあったはずである。

そのほかの解釈では、そういった意図がなくなり、一句がぼんやりしてしまう。やはり大名行列などの武士階級を乗せた馬と読むべきであろう。

この句も口語を使った童謡的な句で親しみやすい。人口に膾炙《かいしゃ》するゆえんであろう。

やれ打《うつ》な蠅《はへ》《ハエ》が手《て》をすり足《あし》をする　（『八番日記《はちばんにっき》』文政三年《ぶんせいさんねん》）

おい打《う》つな。蠅《はえ》が手《て》を擦《す》り、足《あし》を擦《す》り合《あ》わせて、打《う》たないでくれと命乞《いのちご》いをしているではないか。

✿季語は「蠅」で夏。

蠅は五月蠅《うるさ》い。汚らしくもある。とにかく疎ましい存在である。江戸時代にあっては、人びとは現代とは比較にならないほど蠅に悩まされた。

しかし、一茶は無闇に蠅を打つものではないという。蠅が人間のように命乞いをしているというのだ。

一茶、五十八歳。当時の人としては高齢である。老いや衰えをひしひしと感じていたであろう頃である。命が惜しいという思いは切実なものであったろう。それゆえ、命あるものは、たとえ蠅であっても、愛《いと》おしく感じていた。

この句は軽妙な調子とユーモラスな蠅の様子とが相まって、一茶の句のなかでもよく知られ、親しまれている。

しかし、一茶の蠅の句でいえば、ほかにも味わい深い句がある。

たとえば父親が亡くなるときの〈寐《ね》すがたの蠅追《はへお》ふもけふがかぎり哉《かな》〉、晩年の心境が表れている〈人《ひと》も一人《ひとり》蠅《はへ》もひとつや大座敷《おほざしき》〉といった句である。

前者は父の看病を続けていたが、いよいよ最期が近づき、もう明日からは病床の蠅を追い払う必要もなくなるだろうということをいっている。

後者はだだっ広い座敷にぽつんと居て、蠅も人もそれぞれ孤独である様子。

いずれも掲句ほどには知られていないが、余韻の深さという点では、これらの句のほうがすぐれている。

【参考】

本来、蠅が手を擦る行動を取るのは、手についた汚れをきれいにしておくことで、どこにでも止まれるようにするためである。

修養時代

是《これ》からも未《ま》だ幾《いく》かへ《エ》りまつの花《はな》　（『真左古《まさご》』天明七年《てんめいしちねん》）

これから歳《とし》を重《かさ》ねていくが、そのたびに何度《なんど》も若返《わかがえ》る松《まつ》の花《はな》よ。

✽季語は「松《まつ》の花《はな》」で春。

天明七年（一七八七）、一茶《いっさ》、二十五歳。現存するものとしては、もっとも古い一茶の句である。

十五歳で江戸《えど》へ奉公に出された弥太郎《やたろう》少年であるが、その後のことはわかっていない。

一説には、上総国馬橋《かずさのくにまばし》（現・千葉県松戸《まつど》市）の油問屋「大川」に奉公していたとされ、そこの主人、立砂《りゅうさ》が葛飾《かつしか》派の俳人であったことから、その縁で俳句を始めたといわれているが、あくまでも推測の域を出ない。

故郷を追われた日から十年、「一茶」という名と共に忽然《こつぜん》とこの句が姿を現す。弥太郎少年は俳人一茶になっていたのだ。

このとき一茶は葛飾派に属して俳句を学んでいた。葛飾派はその名のとおり、隅田《すみだ》川以東の葛飾地方を中心に勢力をもった一派であった。

句の大まかな意味は訳に記したとおりであるが、一読しただけでは、この句の真意はわかりにくい。原因は一茶の若書きの句であるからというだけではない。

まず、この句が「挨拶句《あいさつく》」であるということが、一句をわかりにくいものにしている。

「挨拶句」とは、誰かへ向けて、お祝いや感謝を述べるために詠む俳句のことである。そのため、「挨拶句」を鑑賞するには、まず、その句が誰に向けて、どういった思いで詠まれているものであるか、その背景を押さえる必要がある。

この句は『真左古《まさご》』という俳書に収録されている。『真左古』は信州佐久《しんしゅうさく》の新海米翁《しんかいべいおう》の米寿のお祝いに出版された記念集である。米翁は一茶と同じ葛飾派の俳人であった。

葛飾派の指導者である溝口素丸《みぞぐちそまる》の序のほか、連衆《れんじゅう》（同門の人々）による祝いの「挨拶句」が寄せられている。掲句はその中の一句。一茶も連衆の端くれとして米翁の米寿を祝っているのだ。これがこの句の背景である。

つぎに季語になっている「松の花」が、当時どういうものと考えられていたかということが問題になる。

古来、松はめでたい木とされた。一年を通して緑が衰えない、いわゆる常緑樹であり、しかも松は千年といわれるほど、その寿命は長い。

また、松は百年にいちど花が咲くといわれ、「十返りの花」の異称がある。百年に一度咲くことを十回繰り返すと信じられていた。

一茶はそれを踏まえて「米翁がこれからも長生きして、松の花のようになんども輝きを放つことを願っている」と詠んでいる。米翁を松になぞらえて言祝《ことほ》いでいるのだ。

江戸時代においては「挨拶句」はたいへん盛んに詠まれた。

白菊《しらぎく》の目《め》にたてゝ見《み》る塵《ちり》もなし　　芭蕉《ばしょう》（『笈日記《おいにつき》』）

夏河《なつかは》を越《こ》すうれしさよ手《て》に草履《ざうり》　　蕪村《ぶそん》（『蕪村句集《ぶそんくしゅう》』）

こういった句も、もとは特定の人へ向けた「挨拶句」であった。芭蕉の句は、弟子の園女《そのめ》の風雅な女主人ぶりを凜《りん》とした白菊にたとえて褒め称《たた》えたもの。塵ひとつない白菊のように清らかな人だというのだ。

蕪村の句は、脱いだ草履を手に持って、裸足《はだし》でざぶざぶと川を渡っていく様子。よろこびが生きいきと伝わってくる句だが、これはさる寺から屏風《びょうぶ》絵の制作を依頼され、その寺へ赴く際に詠んだもので、これも依頼主への挨拶句であった。

こうした句は、たとえ背景を知らなくても、一句を味わうことができる。「挨拶句」という枠を越えて、普遍性があるのだ。

しかし、この時の一茶の句は、残念ながらそういった普遍性は持っていない。挨拶ということで、肩肘《かたひじ》張ってあれこれ工夫して、がんばって詠んだという印象である。若書きゆえの未熟さであろう。

なお、「まつの花」の「まつ」は、「松」と「待つ」の掛けことばになっているのだが、こういった余計な工夫があるのも、いかにもまだ修業中という感じである。

【参考】

『真左古』には、「渭《い》浜《ひん》庵《あん》執《しゆ》筆《ひつ》一茶」として載っている。渭浜庵とは素丸の庵号《あんごう》。執筆とは句会の書記係であり、住みこみで指導者の身の回りの世話をしながら、俳句を学んだ。したがって、当時、一茶は素丸の許《もと》に住みこみで俳句を学んでいたと考えられる。

山《やま》寺《でら》や雪《ゆき》の底《そこ》なる鐘《かね》の声《こゑ》《コエ》　（『雪《ゆき》の碑《いしぶみ》』寛政二年《かんせいにねん》）

山寺《やまでら》に降《ふ》り積《つ》もった雪《ゆき》の奥底《おくそこ》から鐘《かね》の音《ね》が聞《き》こえる。

✽季語は「雪《ゆき》」で冬。

山寺といえば、芭蕉が『おくのほそ道』で訪れた出羽《でわ》の山寺が思い浮かぶが、この句の場合は、たんに山中にある寺ということだろう。おそらく故郷の寺を念頭に詠んだのではないだろうか。

〈雪の中〉ではなく、〈雪の底〉である。そこに雪国の深い闇を感じざるをえない。冬の間、人々は雪の底で息をひそめるようにして、生きているのである。雪に埋もれた村に信心の鐘が今日も鳴り響く。修養期の作品とは思えない格調の高さがある。

【参考】

のちに〈我《わ》が郷《さと》の鐘《かね》や聞《き》くらん雪《ゆき》の底《そこ》〉（『七番日記』）と詠んでいるが、雪国の厳しさを伝えるという点では、掲句がまさっていよう。

三《さん》文《もん》が霞《かすみ》見《み》にけり遠《とほ》《トオ》眼鏡《めがね》（『寛政句帖《かんせいくちょう》』寛政二年《かんせいにねん》）

三文払《さんもんはら》って遠眼鏡《とおめがね》で三文分《さんもんぶん》の霞《かすみ》を見《み》た。

✽季語は「霞《かすみ》」で春。

前書に「白日登湯島《ゆしま》台」とある。湯島台とは湯島（台東《たいとう》区湯島）の切り立った台地のことで、その高台には湯島天神がある。

一茶は白昼、湯島台に登り、そこから有料の遠眼鏡（望遠鏡）を使って、江戸の市中を見渡してみたのだ。しかし、霞んでいて、よく見えなかった。三文払っただけに、がっかりしたのだろう。そこで皮肉を込めてこう詠んだのである。

当時、湯島天神はいまでいうところの一大テーマパークのようなものであった。境内には茶屋、料理屋、的屋などが立ち並び、祭礼の日には芝居もかかったという。また、千両富という社前で売られる宝くじが大流行しており、多くの人で賑《にぎ》わっていた。一茶も江戸の庶民らしく、湯島へ遊びに行ったのである。

現在でも観光地では、有料の望遠鏡が置いてあったり、双眼鏡を貸し出したりしてくれるが、この句の遠眼鏡はそれと同じである。霞んでいなければ、江戸の市中が一望できたことだろう。

当時の一文が三十五円程度であるから、三文を現在の価値に換算すると、おおよそ百五円といったところだろうか。そばが一杯十六文の時代である。たしかに、見えないとがっかりするくらいの値段ではある。

一茶の時代にあっては、一般的な江戸の庶民もこうした娯楽にお金を使うことが、当たり前になっていた。需要があれば、供給も生まれる。江戸の町は見世物などの娯楽であふれ、人々はそれを消費した。一茶も三文払って望遠鏡を覗《のぞ》き、十六文払って屋台のそばを啜《すす》った。大衆による大量消費生活の原型であり、こうした暮らしぶりは現代とさほど大きな差はない。こうしたことも一茶の時代が近代のはじまりといわれるゆえんである。

【参考】

掲句は寛政二年刊『霞《かすみ》の碑《いしぶみ》』（児石《じせき》ら編）にも入集している。ほかにも一茶にはお金を詠んだ句がたくさんある。一例を挙げておく。

三文《さんもん》が草《くさ》も咲《さ》かせて夕涼《ゆふすず》み　（『七番日記《しちばんにつき》』文化十三年《ぶんかじゆうさんねん》）

なでしこに二文《にもん》が水《みづ》を浴《あ》びせけり　（『八番日記《はちばんにつき》』文政二年《ぶんせいにねん》）

前者は三文で買ってきた花を咲かせて、夕涼みを楽しんでいるという。後者はなでしこの花を育てるために水をやっているのだが、その水が二文するというのである。江戸では水は貴重であったため、水売りから水を買ったりしていた。いずれの句も花を育てるにもお金がかかってしまうことをボヤいているのだ。何をするにもお金がかかる時代であった。こうした句からも近代的な消費生活のありようがみてとれる。

門《かど》の木《き》も先《まづ》《マズ》つ《ツ》ゝがなし夕《ゆふ》《ユウ》涼《すずみ》（『寛政三年紀行《かんせいさんねんきこう》』寛政三年《かんせいさんねん》）

家族《かぞく》はもちろんのこと、まずなによりも、この家《いえ》の門《もん》に植《う》えてある木《き》が恙《つつが》ない。そんな夕涼《ゆうすず》みであることよ。

✽季語は「納涼《すずみ》」（夕涼）で夏。夏の夕べに縁側などで涼むこと。

一茶は旅に生きた。最初の旅は十五歳のとき、故郷を追い出され、江戸へ出たときのこと。それから月日は流れ、およそ十四年ぶりに帰郷したときの記録が『寛政三年紀行』（稿本）である。一茶は二十九歳になっていた。

寛政三年（一七九一）三月二十六日、一茶は江戸を発《た》ち、上総の馬橋、布《ふ》川《かわ》をめぐり、いったん江戸へ戻ってから、中山道《なかせんどう》を通って帰郷する。柏原《かしわばら》へ着いたのは四月十八日のことであった。

一茶は故郷に帰った感慨をつぎのように記している。

灯《ひ》をとる比《ころ》、旧里《きうり》に入《いる》。日《ひ》比心《ごろこころ》にかけて来《き》たる甲斐《かひ》ありて、父母《ちちはは》のすくやかなる顔《かほ》を見《み》ることのうれしく、めでたく、ありがたく、浮木《うきぎ》にあへる亀《かめ》のごとく、闇夜《やみよ》に見《み》たる星《ほし》にひとしく、あまりのよろこびにけされて、しばらくこと葉《ば》も出《いで》ざりけり。

門《かど》の木《き》も先《まづ》つゝがなし夕《ゆふ》涼《すずみ》

一茶が生家に着いたのは、日が暮れて、家々に灯がともる頃であった。日頃の念願が叶《かな》って、父母の元気な顔を見ることができて、うれしく、めでたく、ありがたいことだと、めったにない幸運にめぐりあったような思いで、あまりのよろこびに、しばらく言葉も出なかったのだという。

〈門の木〉はいわば家の守り木であり、おそらく一茶が生まれる以前から門に植わっていた大きな木であろう。幼い頃から慣れ親しんだ木であるはずだ。家が近づくほどに、その木がだんだん大きく見えてくる。同時に一茶の心には懐かしさがこみあげてきたことだろう。

この句、芭蕉のつぎの句を面影にしている。

先《まづ》たのむ椎《しひ》の木《き》もあり夏木立《なつこだち》　芭蕉《ばしょう》

夏木立のなか、なによりも我が庵《いおり》の椎の木が頼もしいという意。晩年の芭蕉が大津《おおつ》（滋賀県大津市）に幻住庵《げんじゅうあん》を結んだときの句で、あるべき理想の地に落ち着き、ひとときの安らぎを得たことを詠んだものである。

芭蕉のこの句を重ね合わせて読むと、一茶の思いがくっきりと浮かびあがってくる。一茶は十四年ぶりの我が家で夕涼みをしながら、あらためて門の木のつつがない様子を眺めて心安らかにいるのだ。

それと同時に生家に根をおろしたいという一茶の願望もうかがえて切ない。ご承知のとおり、その願いはこの後、長らく叶わない。

しづかさや湖《こ》水《すい》の底《そこ》の雲《くも》のみね　（『寛政句帖《かんせいくちょう》』寛政四年《かんせいよねん》）

湖《みずうみ》の底《そこ》で夏《なつ》の雲《くも》がもくもくと広《ひろ》がっていく。あたりには静《しず》かさが広《ひろ》がっていく。

✽季語は「雲の峰」で夏。「雲の峰」は入道雲のこと。そそり立つ峰のように雲が湧き上がることからいう。

十四年ぶりの帰郷を果たした翌年、一茶は西国へと旅立つが、その際に立ち寄った琵琶《びわ》湖で詠んだ句である。

江戸で師・素丸のもとで学んでいた一茶であるが、いよいよ一人前の俳人となるべく、本格的な修業の旅へと出ることになる。

寛政四年（一七九二）の春、一茶は江戸を出発、関西、四国、九州の各地の有力俳人のもとをめぐり、ふたたび江戸へ戻るころには、なんと七年もの歳月が過ぎていた。

この旅は一茶が宗匠（俳句の指導者）になるために必要な通過儀礼のようなものであったと考えられる。一茶も三十歳、いつまでも住みこみの見習いではいられない。

当時の俳人たちもみな、このような旅を経て、一人前になっていった。旅の目的は、まず各地で有力俳人に会い、葛飾派の一茶という俳人を認識してもらうことであった。

実際に大江丸《おおえまる》、升六《しょうろく》、奇淵《きえん》（いずれも大坂）、闌更《らんこう》（京）、樗堂《ちょどう》（伊予《いよ》）、文暁《ぶんぎょう》（肥《ひ》後《ご》）といった当時の俳壇を代表する錚々《そうそう》たる面々と交遊している。かれらと歌仙（連句）を巻いたり、俳句談義を交わしたりすることで、一茶は多くのことを学んだ。

一茶はこの旅の様子について、のちに『西国紀行』（稿本）にまとめている。旅の終わりには、初めての撰集『たびしうゐ』、『さらば笠』を刊行している。この旅がいかに充実したものだったかがわかる。

さて、掲句であるが、これは旅のはじめのころに詠んだものである。西国を訪れること自体が初めてであった一茶にとって、琵琶湖はもちろん、そこでふれるものは、何もかもがはじめてのものであった。

この先への期待と不安が一茶の心のなかで、せめぎあっていたはずである。一句が湛《たた》える静かな緊張感は、そうした心のあらわれではないだろうか。

【参考】

先例としてつぎの句がある。

しづかさや湖《こ》水《すい》にうつる雲《くも》の峰《みね》　霞東（『続明烏《ぞくあけがらす》』）

天明期の蕪村一派の句である。当時、一茶は蕪村一派の句に多くを学んでいたことから、当然、この句のことも知っていたであろう。しかし、霞東の句はたんなる写実で深みに欠ける。〈湖水の底の〉ということによってはじめて、あらゆるものが湖底に沈んでいるかのような深い静かさが生まれるのである。

天《てん》に雲雀《ひばり》人間《にんげん》海《うみ》にあそぶ日《ひ》ぞ　（『西国紀行《さいごくきこう》』寛政七年《かんせいしちねん》）

うららかな春《はる》の一日《いちにち》、天《てん》には雲雀《ひばり》が舞《ま》い上《あ》がり、海《うみ》では人間《にんげん》が潮干狩《しおひが》りをして遊《あそ》んでいる。

✽季語は「雲雀《ひばり》」で春。

西国行脚中の一句。

一茶の特徴として、世界を大きく俯瞰《ふかん》する詠みかたがある。この句もそのひとつであり、天と地を真っ二つに分けて大胆に詠んでいる。この時期からすでに、こうした詠みかたができているという点でも興味深い。

注目すべきは、「人間」ということばであろう。

「人間」ということばは、現代ではヒトや人類といったことばと同義のものとして使われる一般的なことばであるが、当時においては日常のことばではなかった。俳句でも使われていなかった。

もともとは「人間」とは「人間界」という意味の仏教用語であった。それは平たくいえば、煩悩にまみれたわれわれ(衆生)が生きている「この世」のことである。それが次第に、人間界に生きる人間のことを指すようになった。

一茶がここでわざわざ「人間」ということばを使った理由はなんであろう。まず、一茶の家が代々、熱心な浄土真宗《じょうどしんしゅう》の信者であったことが挙げられる。浄土真宗とは鎌倉《かまくら》時代に親鸞《しんらん》が開いた宗派である。「南無阿弥陀仏《なむあみだぶつ》」と唱えれば、死後、だれでも極楽浄土へ行けると民衆に説いたことはよく知られていよう。

一茶自身も浄土真宗の信者であり、その俳句や人生観にも浄土真宗の影響がみられる。(この点については、重要な問題なので、あらためて詳述したい。)

この西国の旅でも、一茶が世話になった先は、浄土真宗に関係するところが多い。肥後八代《やつしろ》の文暁は浄土真宗正教寺《しょうきょうじ》の住職であり、伊予の樗堂も浄土真宗の門徒であった。

そうした人々との交流のなかで、当然、仏教にかかわる話も盛んにしたことであろう。そこで「人間」ということばも交わされたはずである。

旅のさなか、一茶が海辺でこの光景に出くわしたとき、「人間」ということばが湧いてきたのも、ごく自然なことであっただろう。

悠々と天に舞い上がる雲雀のすがたは、海で潮干狩りをして遊んでいる人間とは対照的であり、煩悩や苦しみとは無縁の姿のようである。まさしく浄土と人間界のありようを示しているようにみえる。若き日の一茶の世界観の根本には、こういったものがあったのである。

【参考】

『寛政句帖』では〈雲《くも》に鳥人間海《とりにんげんうみ》にあそぶ日《ひ》ぞ〉（寛政五年）であった。〈雲に鳥〉は渡り鳥が北へ帰って行く様子をいった春の季語である。やはり〈天に雲雀〉とするほうが、格調が高い。字余りが重厚な調子を生んでいる。

おぼろおぼろ踏《ふ》めば水《みづ》《ミズ》なり迷《まよ》《イ》ひ道《みち》　（『西国紀行《さいごくきこう》』寛政七年《かんせいしちねん》）

朧《おぼろ》の闇《やみ》のなか、いよいよ道《みち》に迷《まよ》ってしまった。足元《あしもと》もよく見《み》えず、踏《ふ》んだところは水《みず》たまりであるよ。

✽季語は「朧《おぼろ》」で春。

人は誰しも人生という道において、いちどは迷い、不安になることがあるはずだ。それはたとえば、今現在のじぶんが、いったい、どのあたりにいて、どこに向かおうとしているのか、わからなくなってしまうといったようなことである。そういった不安を具体化したようなおもしろさがこの句にはある。

西国の旅の途次に詠まれた句であるが、実際に一茶は道に迷ってしまった。『西国紀行』によると、つぎのとおりである。

寛政七年（一七九五）、一月十三日、四国を巡っていた一茶は伊予風早難波村《かざはやなんば》（現・愛媛県北条市《ほうじょうし》）の最明寺《さいみょうじ》を訪れる。目的は住職の茶来《さらい》に会うことであった。茶来は一茶の亡師・竹阿《ちくあ》の友人である。

じつは、ここまで来る途中、訪れた先で門前払いをくうことが、たびたびあった。そのたびに宿に困った。しかし、今回訪れるのは師の友人の寺である。さすがに冷たくあしらわれることはないだろう。寄る辺のない一茶としては、しばらく逗留《とうりゅう》させてもらうつもりでいた。心身ともに疲れ果てていたのだ。

しかし、いざ訪れてみると、たのみの茶来はすでに亡くなっていた。なんと十五年前のことだという。せめて一泊させてくれるよう頼んだが、きっぱりと断られてしまう。

それからあてもなく次の宿を探しに出ることになるが、日は暮れ果てて足元も暗くておぼつかない。人の運命のあわれを皮肉な形でまざまざと味わわされている。そして掲句が生まれた。旅の苦しみが滲《にじ》んだ一句である。

天《てん》広《ひろ》く地《ち》ひろく秋《あき》もゆく秋《あき》ぞ　（『たびしうゐ《シユウイ》』寛政七年《かんせいしちねん》）

秋《あき》もいよいよ終《お》わりが近《ちか》づき、この広《ひろ》やかな天地《てんち》の間《あいだ》を過《す》ぎ去《さ》ってゆくことだ。

✤季語は「行く秋」で秋。秋も終わりのころをいう。

すでにふれた〈天《てん》に雲雀《ひばり》人間海《にんげんうみ》にあそぶ日《ひ》ぞ〉のように、この句もまた世界を俯瞰《ふかん》したような大柄な詠みぶりである。〈広く〉と〈秋〉の繰り返しも効いていてリズムがいい。

天地という広大な空間を季節が過ぎ去っていく。この句では季節がまるで旅人であるかのように詠まれている。

秋は「実りの秋」ともいわれるように豊かな季節であり、暑さも寒さもなく、過ごしやすい季節でもある。そうした豊かな季節が過ぎ去っていくことへの寂寥《せきりょう》もまた一句の要《かなめ》になっている。

こうした大柄な句を詠む（読む）ことができる俳人が世に少ないこともあり、一茶のこうした句は、まっとうに評価されてこなかった。この句もたんなる初期の句のひとつとして扱われることがおおいが、今後はあらためられるべきであろう。

この句は一茶の処女撰集『たびしうゐ』（寛政七年刊）に収録されている。日記や草稿類と異なり、公に刊行されたものに収録した句であるから、当時、自他ともに認める秀句であったのである。ほんらい、一茶の代表句のひとつとして扱われるべき一句であろう。

【参考】

『たびしうゐ』（寛政七年刊）は一茶の処女撰集である。西国行脚の途中、京の菊舎《きくや》太《た》兵衛《ひょうえ》方より出版されている。タイトルは漢字をあてると『旅拾遺』であるが、その名のあらわすとおり、旅の中で出会った西国各地の俳人たちの句が多く収録されている。主だった名を挙げると、闌更《らんこう》、月居《げっきょ》、士朗《しろう》、升六《しょうろく》、其成《きせい》、文暁《ぶんぎょう》など錚々《そうそう》たる人びとである。そのほか、葛飾派の素丸《そまる》、元夢《げんむ》といった師匠筋、完来《かんらい》、成美《せいび》といった江戸の大家の句も収め、処女撰集としてはたいへん豪華な内容になっており、一茶が葛飾派の若手として、いかに有望視されていたかがわかる。

掲句を発句にして升六らと巻いた歌仙（連句）を『たびしうゐ』の巻頭に据えている。いわばこの集の看板となる一句だったのだ。初期の一茶をみていくうえで、たいへん重要な句であることの証《あかし》である。

藪《やぶ》越《ごし》や御《お》文《ふみ》の声《こゑ》《コエ》も秋《あき》来《き》ぬと（『樗堂俳諧集《ちよどうはいかいしゅう》』寛政八年《かんせいはちねん》）

藪越《やぶご》しに御文《おふみ》を唱《とな》える声《こえ》が聞《き》こえてくる。さながら秋《あき》を告《つ》げるかのように。

✿季語は「秋来ぬ」で秋。

一茶が西国の旅にあって、もっとも親交を深めた相手は伊予の栗田《くりた》樗堂《ちよどう》であった。一茶よりも十歳ほど年長である。樗堂は当時の俳壇でも確固たる名声を得ていた。一方、一茶は駆け出しである。

樗堂は松山の造り酒屋の主人であり、町方大年寄役を務めた伊予でも指折りの富商であった。そういった立場の人でありながら、隠者的生活に憧《あこが》れ、早々に家業を引退するなど、清廉な人であった。俳句においては、芭蕉を心から尊敬した。そうした樗堂の人柄に一茶は強く惹《ひ》かれたのであろう。

二人の関係で重要なことは、いずれも浄土真宗を信仰していたという点である。一句の背景を知らずとも、じゅうぶん味わいのある句ではあるが、この句の真意を読み解くには、そこを踏まえなくてはいけない。

発句にある「御文《おふみ》」とは、浄土真宗中興の祖である蓮如《れんによ》が消息（手紙）の形式で教義をやさしく説いたもので「御文章」ともいう。「朝《あした》には紅顔《こうがん》ありて夕《ゆふべ》には白骨《はくこち》となれる身《み》なり」の文言で知られるが、これは人間の肉体のはかなさ、ひいては現世のはかなさをいっている。極楽浄土を信じて阿弥陀仏に帰依すべきことを説いている。

我《われ》や先《さき》、人《ひと》や先《さき》　今日《けふ》とも知《し》らず　明日《あす》とも知《し》らず　遅《をく》れ先立《さきだ》つ人《ひと》はもとの雫《しづく》
末《すゑ》の露《つゆ》よりも繁《しげ》しといへり　されば朝《あした》には紅顔《こうがん》ありて夕《ゆふべ》には白骨《はくこち》となれる身《み》なり

この御文を唱える声が藪の向こうの家から秋の空気のように冷やかに聞こえてくるというのだ。その声の主とは、まさしく樗堂である。これは樗堂への挨拶句なのだ。御文をただの手紙と解釈されることが多いが、それではこの句の真意はつたわらない。

一茶と樗堂が直接顔をあわせることができたのは、この西国の旅のときだけだが、文通によるやりとりが終生続いた。

【参考】
この句は樗堂と二人で巻いた歌仙（連句）の発句（連句の第一句目。これが独立し

ていまの俳句になった）である。樗堂がこの句に付けた脇（第二句）は〈牛《うし》にすゝらす白粥《しらかゆ》の露《つゆ》〉。飼い牛に露のようにはかない白粥をすすらせているという意。発句の挨拶に対して、この牛は一茶のことではないだろうか。客人である一茶を露のようにはかないものでもてなしているという意にも取れる。御文の世界を媒介にして、二人の心が響きあっていることがわかる。

小便《せうべん》の身《み》ぶるひ《イ》笑《わら》へ《エ》きり〱《きり》《ギリ》す（『西国紀行書込《さいごくきこうかきこみ》』寛政年間《かんせいねんかん》）

立《た》ち小便《しょうべん》をしたあとの身震《みぶる》いを笑《わら》うがいい、きりぎりすよ。

✻ 季語は「きりぎりす」で秋。

旅中は小便をするのもたいへんである。現代のように公衆トイレがあるわけではない。当然、野小便になる。（むしろ一茶にとっては気楽だったか）

そのことをわざわざあけすけに俳句にしたのは、一茶が初めてであろう。

ただし、俳句で小便が詠まれること自体は珍しいことではない。

　蚤《のみ》　虱《しらみ》　馬《うま》の　尿《しと》する　枕《まくら》もと　芭蕉《ばしょう》（『奥《おく》の細道《ほそみち》』）

『奥の細道』の旅での一句。封人《ほうじん》（国境の役人）に宿を借りたが、母屋と馬小屋が同じ棟にあるため、寝ている枕元で勢いよく馬が小便する音が聞こえるというもの。芭蕉が静かに苦笑いを浮かべる様子が伝わってくる。

いっぽうで一茶の場合は、自身が小便をしている様子を詠んでいる。しかも排尿後に思わずぶるぶると震えてしまう、あの男性特有（？）の感覚をいって、自身の無様な姿を笑ってくれるよう、きりぎりすに呼びかけている。みずから道化となって、自虐的な笑いを生んでいる。

いわば我が身を切るような笑いである。ゆえに、ただの笑いで終わるのではなく、人間としての、もっといえば、生き物としての普遍的な哀しみが一句の底流をなしている。一茶の句はこうした点があたらしい。

一茶はしばしば小便を詠んだ。さすがの一茶とはいえ、諧謔《かいぎゃく》に走りすぎて表面的な面白さで終わってしまった句が大半であるが、なかには味わいのある句もある。

小便《せうべん》の滝《たき》を見《み》せうぞ鳴《なく》蛙《かはづ》（『七番日記《しちばんにっき》』文化九年《ぶんかくねん》）

隣《となり》から連《つれ》小便《せうべん》や夜《よる》の雪《ゆき》（『文政句帖《ぶんせいくちょう》』文政八年《ぶんせいはちねん》）

一句目はなかなか豪快である。蛙相手にこれみよがしの立ち小便である。立ち小便も小さな蛙には滝のように見えるだろう。子どもじみてはいるが、一茶らしく伸びやかである。

二句目は連れションの句ながら、最晩年の寂しさが漂う。雪深い夜の静けさに、男二人の話し声と小便の音が響く。

【参考】

一茶以前にも小便は俳句においてよく詠まれた。小便という俗なものを詠むことで、雅《みやび》な和歌や連歌と差別化を図るためであった。「俳諧（俳句）の祖」といわれる宗鑑《そうかん》の句である。なかでもつぎの句は有名である。

佐《さ》保《ほ》姫《ひめ》の春《はる》立《た》ちながら尿《しと》をして　宗鑑《そうかん》（『新撰犬筑波集《しんせんいぬつくばしゅう》』）

〈霞《かすみ》の衣《ころも》すそはぬれけり〉（春の霞に衣の裾が濡れてしまったよの意）の後に付けた連句のなかの一句であるが、和歌や連歌に対して、俳句の向かうべき道を示したという点で、歴史的にたいへん重要な一句である。

「佐保姫」は春の女神である。春とともに山から下りてくるという。そんな女神が立ち小便をしているというのだ。〈春立ちながら〉は「立春（春立つ）」という季語と立ち小便に掛かる掛けことばである。

そのほか芭蕉の高弟、其《き》角《かく》の句につぎのような句がある。

小《せう》便《べん》に起《おき》ては月《つき》を見《み》ざりけり　其《き》角《かく》（『五元集拾遺《ごげんしゅうしゅうい》』）

夜、小便に起きたが、月を見なかったという不風流を詠んだもの。名月を賞美するのが風流のあるべき姿だったが、その逆を打った。

我《われ》もけさ清僧《せいそう》の部《ぶ》也《なり》梅《うめ》の花《はな》（『さらば笠《がさ》』寛政十年《かんせいじゅうねん》）

こんな私《わたし》も新年《しんねん》の今朝《けさ》ばかりは、清《きよ》らかな僧《そう》たちの仲間入《なかまい》りである。めでたく梅《うめ》の花《はな》が咲《さ》いている。

✻季語は「梅《うめ》の花《はな》」で春。

「此裡《このうち》に春《はる》をむかへて」の前書きがある。大和国初瀬《やまとのくにはせ》（奈良県桜井市《さくらい》）の長谷寺《はせでら》で新年（春とは新春のこと）を迎えたときの感慨である。

七年にも及ぶ西国の旅もいよいよ終わりを迎える。この句を詠んだ翌月には、旅の締めくくりとして、記念撰集『さらば笠』を刊行する。その題名のとおり、西国で世話になった人々への留別の集である。掲句はその巻頭の歌仙（連句）の発句（第一句目）。

清僧とは戒律を守る品行方正な僧のこと。長谷寺にどういうツテがあったかはわからないが、めでたくも長谷寺で僧たちと共に新年を迎えることができた。

このときの一茶といえば、家を追い出された故郷喪失者であり、俳句修業中の半僧半俗の放浪者である。いわば世の中の外れたところにいる透明な存在であった。それは一茶自身、じゅうぶん自覚するところであった。

そんな自分が名刹《めいさつ》長谷寺で新年を迎えることができたことを心からありがたく思い、また、誇りに思っているのだ。

こんな放浪の身の自分でも、今朝ばかりは清僧の仲間入りである。一茶はそれを素直によろこび、かつ、ちょっとばかり自慢しているのだ。（そうやって戯《おど》けて読者を微笑ませようとしている）

さらにこの句から感じられるのは、この長い西国の旅にあって、一茶が俳人としての自身の成長にたしかな手応《てごた》えを感じていたであろうということである。この句の〈清僧〉を〈俳人〉に置き換えてみるといい。七年間の旅の充実がこういった清々《すがすが》しい一句を生んだのにちがいない。

現代人は一茶の陰の部分を強調して、ひねくれ者のレッテルを貼ってよろこんでいるが、この句をみればわかるように、一茶は根っから明るい向日性の人である。ほんらい、向日性は俳句においてもっとも重要なものであり、昨今の俳句にもっとも欠けているものでもある。

【参考】

長谷寺は真言《しんごん》宗豊山《ぶざん》派の総本山。寺伝によれば飛鳥時代の創建、開基は道明《どうみよう》とされる。『枕草子《まくらのそうし》』や『源氏物語《げんじものがたり》』などにも登場する名刹である。

『さらば笠』は一茶の第二撰集。寛政十年刊。西国で交流のあった俳人たちによる餞別《せんべつ》の句と連句を収める。

掲句はその巻頭歌仙（連句）の発句であるが、脇句は〈かすみ見《み》そむる白雲《しらくも》の鐘《かね》〉であり、長谷寺の住持が付けている。いよいよ霞《かすみ》が見えはじめ、浄土へ続くかのように空には白雲が浮かび、地上では鐘が鳴っているという意。

のちに文政版『一茶句集』にも収録されるが、前書きは「長谷《はせ》の山中《さんちゆう》に年籠《としごも》りして」となっている。

父の死

足《あし》元《もと》へいつ来《きた》りしよ蝸牛《かたつむり》（『父《ち》の終焉日記《しゅうえんにっき》』享和元年《きょうわがんねん》）

いつの間《ま》に私《わたし》の足元《あしもと》に来《き》ていたのか、蝸牛《かたつむり》よ。

✽ 季語は「蝸牛《かたつむり》」で夏。

西国における修業の旅を終えた一茶は江戸《えど》へもどり、葛飾《かつしか》派の俳人として活動を始める。亡師・竹阿《ちくあ》の二六庵《にろくあん》を継承し、上々の滑り出しであった。

そんななか、一茶は意気揚々と柏原《かしわばら》へ帰省する。

ところが、ここで不幸が起こる。父・弥五兵衛《やごへえ》が倒れたのだ。一茶とともに農作業をしていたときであった。

さっきまで茄子《なす》の苗に水をやっていたはずの父が、泥の上に突っ伏している。その広い背中は晩春の日差しを燦々《さんさん》と浴びている。

「どうしてこんなところでうつ伏せになっておられるのか」

すぐには状況を飲みこめなかった一茶があわてて抱え起す。

「少しばかり具合が悪い」と父は答えたが、高熱を発しているようで、その肌は火に触るかのように熱かった。

享和元年（一八〇一）、四月二十三日のよく晴れた日のことであった。夏が近いことを知らせるかのように、ほととぎすが鳴いていた。

後に医者に診せてわかることだが、父の病は傷寒《しょうかん》（腸チフス）であった。当時の医療ではおよそ助かる見こみはなかった。

一茶は父の看病のため、江戸へは戻らず、柏原に留《とど》まった。父の回復のわずかな可能性を信じて、昼も夜もなく看病を続けた。

そんなとき、父から財産分与の話が切り出される。それは一茶と異母弟・仙六《せんろく》で田畑を折半するというものであった。

これにより異母弟はヘソを曲げてしまう。異母弟の言いぶんは、一茶はこれまで田畑のことは何も手伝っていない、だから田畑は全て自分が相続すべきだという。もちろん継母《ままはは》・さつも同意見である。

以来、継母と弟は父の看病を放棄した。

あるときのことである。熱の苦しみからであろう、父は冷たい水を欲しがった。医者からは白湯《さゆ》のみと固く禁じられていた。一茶はそれを守っていた。すべては父のためを思ってのことだ。

ところが、継母たちはあっさりと水を与えてしまう。そこで一茶と継母たちは言い争いになり、互いの溝が深まってしまう。

またあるときは、欲しがるままに酒を与えてしまい、ひどくむくんで容態が悪化してしまったこともあった。継母たちの言いぶんとしては、もう長くはないのだから、好きにさせればいいというものだ。

またあるときは、砂糖で言い争いになる。痰《たん》を切るのに砂糖を使っていたが、当時、砂糖は高価なものであった。父がしきりに欲しがるのに腹を立て、継母は「死人に無駄な出費だ」と吐き捨てるようにいって買わない。

父の回復を信じて医者の言いつけを守っていた一茶にしてみれば、こういったことの数々は、あまりにも理不尽に映った。継母たちの言動はまるで父の死を望んでいるかのように一茶には思えたのだ。

一茶は看病の方針をめぐっても、家族と衝突し、さらに孤立を深めていった。

生家にあってふたたび感じる孤独。唯一の理解者である父は日に日に弱っていくばかりである。このときの一茶の淋《さび》しさ、心細さは計りしれないものがある。

そんな日々を送るうち、ふと足元をみると、そこに蝸牛がいた。それはさながら一茶に寄り添ってくれるかのようであった。ゆるゆると這《は》っていく、その姿に一茶の心は慰められた。

それは折しも父が一時、回復の兆しを見せた時だった。めずらしく食欲もあり、眠りも健やかであった。一茶がはるばる善光寺《ぜんこうじ》から招いた名医・道有《どうゆう》が処方した薬が効いたのだ。

蝸牛とは一茶にとって希望の光だったのだ。

【参考】

『父の終焉日記』（稿本）は、父が倒れてから、その臨終、そして初七日までを描く。掲句はそのなかの一句。『父の終焉日記』はたんなる日記や記録ではなく、創作的意図をもった文学的作品として書かれている。その内容や心理描写から、近代私小説の先駆けといわれる。

寐《ね》すがたの蠅《はへ》《ハエ》追《お》ふ《ウ》もけふ《キヨウ》がかぎり哉《かな》（『父《ちち》の終焉日記《しゅうえんにつき》』享和元年《きょうわがんねん》）

寝《ね》たきりの父《ちち》の看病《かんびょう》をしながら蠅《はえ》を追《お》いはらうのも、いよいよ今日限《きょうかぎ》りであることよ。

✽季語は「蠅《はえ》」で夏。

一茶の父へ対する看病は、献身的なものであった。夜も眠らず父のために扇《あお》いだり、むくみを取るために足を揉《も》んだり、名医を呼んできたりというもので、掲句で詠んでいるように、たかってくる蠅を払うのも、そのひとつであった。

しかし、そういった一茶の姿を継母《ままはは》と異母弟は苦々しく思い、邪険に扱った。さきにもふれたとおり、遺産を折半せよという話が出たことが、大きな原因であった。

一茶は看病をしているときの心の葛藤を綴《つづ》っている。

父《ちち》は一茶《いっさ》の夜《よる》の目《め》も寝《ね》ざるをいとほしみ給《たま》ひて、「昼寝《ひるね》してつかれを補《おぎな》へ。」「出《で》て気《き》はらせ。」などと、和《やは》らかきこと葉《ば》をかけ給《たま》ふにつけても、母《はは》は父《ちち》へあたりつれなく、父《ちち》の一寸《いっすん》のゆがみをとがめて、三従《さんじゆう》の戒《いましめ》をわすれたり。是《これ》てふも、母にうとまるるおのれが、枕元《まくらもと》につき添《そふ》ゆゑに、母《はは》は父《ちち》に迄《まで》うきめを見《み》する事《こと》の本意《ほい》なさやと思へども、かかる有様《ありさま》を見捨《みすて》て、いづちへかそぶきはつべき。

（『父の終焉日記』）

昼夜、看病にあたる一茶に対して、父はいたわりのことばをかけてくれる。そういったことさえ、継母たちの気にさわったらしい。一茶に対してだけでなく、父にまでつらくあたるようになる。

継母たちが看病を放棄してしまい、父がこのような目に遭っているのは、日頃憎んでいる自分が父の看病をしているせいではないか、自分が父の看病をすればするほど、いよいよ継母たちは父を虐げる。かえって父に迷惑がかかってしまっているのではないかと一茶は自分を責めた。しかし、だからといって、病に苦しんでいる父を見捨ててこの家を去るわけにもいかない。

そんな葛藤を抱えながら一茶は看病を続けた。

それは十五歳の春に別れて以来、空白になっていた父子の時間を埋めていくかのようであった。

『父の終焉日記』では次のような回想がある。

十四歳《じふよんさい》（正確には十五歳）の春《はる》の暁《あかつき》、しをしを家《いへ》を出《いで》し時《とき》、父《ちち》は牟礼《むれ》迄《まで》おくり給《たま》ひ、「毒《どく》なる物《もの》はたうべなよ。人《ひと》にあしざまにおもはれなよ。とみに帰《かへ》りて、すこやかなる顔《かほ》をふたたび我《われ》に見《み》せよや。」とて、いとねもごろなることの葉《は》に、おもはず涙《なみだ》うかみしが、未練《みれん》の心《こころ》ばしおこりなば、連《つれ》なる人《ひと》に笑《わら》はれん、父《ちち》によわき歩《あゆ》みを見《み》せじと、むりにいさみて別《わかれ》けり。

（『父の終焉日記』）

十五歳の春、しおしおと家を出て江戸へ向かうとき、父は牟礼《むれ》（北国《ほっこく》街道の宿場町）まで見送ってくれた。「身体に悪いものは食べるな、人に嫌われるようなことはするな、またすぐに帰って、元気な顔を見せてくれ」と父からやさしくことばをかけられて、思わず涙がこぼれそうになったが、連れの人に笑われてはいけない、父に弱い姿を見せてはいけないという思いで、一茶は男らしく勇んで別れた。

当時、父は一茶を守るには、一茶を家から出すしかないと考えていた。やむを得ない判断であったとはいえ、父はそのことをずっと後悔していた。

一茶はそんな父の気持ちをじゅうぶん知っていて、父をうらむことはなかった。一茶にとって、父はたった一人の味方であった。

そんな父がいま、臨終を迎えようとしている。

父《ちち》ありて明《あけ》ぼの見《み》たし青《あを》《アオ》田《た》原《はら》　（『父《ちち》の終焉日記《しゆうえんにつき》』享和元年《きようわがんねん》）

父《ちち》が健在《けんざい》であったときに、一緒《いつしよ》にこの朝日《あさひ》を眺《なが》めたかった。一面《いちめん》に美《うつく》しい青田《あおた》が広《ひろ》がっていることよ。

✿季語は「青田」で夏。「青田原」とは一面に青田が広がっている様子。

一茶の思いむなしく、父・弥五兵衛は息を引き取った。享年六十九歳。享和元年、五月二十一日のことであった。

農家として父祖以来の田畑を耕して生きていく。父の人生とはそういったものであった。だからこそ、この田植えを終えたばかりの青田を父に見せたかったという思いが一茶にはあるのだ。このみごとな青田原こそ、父が耕してきた田んぼである。

一茶はかつてつぎのように詠んでいる。

もたいなや昼寝《ひるね》して聞《き》く田《た》うゑ唄《うた》　（『西国紀行書込』寛政十年《かんせいじゆうねん》）

自分は田植えもせず、昼寝して田植唄を聞いている。もったいなく、ありがたいことだという。父とは対照的な人生である。

農家の長男であるにも拘《かか》わらず、俳句という遊芸（当時は偏見を持たれていた）を生業《なりわい》とし、自分は根無し草の旅暮らしをしている。一茶はそのことに負い目を感じていた。

掲句であるが、父は亡くなってしまったものの、将来へ向けて楽観的であるという解釈がなされることが多いが、いかがなものであろう。父を亡くした無念と将来への心細さが強く滲《にじ》んでいるのは明らかである。

悪《あ》しき石《いし》ながらも打《う》たねば火《ひ》を生《しやう》ぜず。破《やぶ》れたる鐘《かね》もたゝけばひゞくは天地《てんち》しぜんのことはり也《なり》。いなや、返《かへ》しなきに無下《むげ》に里出《さとで》せんも、亡父《なきちち》の心にそぶくかと、しめ野《の》分《わく》るを談《だん》じあひけるに、父《ちち》の遺言守《ゆいごんまも》るとなれば、母屋《おもや》の人《ひと》のさしづに任《まか》せて、其日《そのひ》はやみぬ。

父《ちち》ありて明《あけ》ぼの見《み》たし青田《あをた》原《はら》　（『父の終焉日記』）

初七日に父の遺言を守るということを小林《こばやし》家の本家（母屋の人。一茶の家は分家であった）に約束させた場面と、この一句をもって、『父の終焉日記』の本編は終わる。

たしかに、父の遺言どおりであれば、この青田はじぶんのものになるはずのものである。

しかし、右の文を読むかぎりでは、その後の遺産相続交渉が難しいものになることを一茶は匂わせているように思えるのである。

一茶が記しているとおり、継母と異母弟は打っても叩《たた》いても響かないといった様子なのである。まったく遺産分配に応じる気配がない。しかし、なんの返答もないからといって、無下に江戸へもどるのも父の遺言に背くと一茶は考えた。それゆえ、本家に強く訴えておいたのだろう。一茶にとって、けっして楽観的になれるような状況ではなかったのだ。

父の死のかなしみにふけることもできないまま、一茶はふたたび江戸へ去っていく。

夕《ゆふ》《ユウ》桜《ざくら》家《いへ》《イエ》ある人《ひと》はとく帰《かへ》《カエ》る（『享和句帖《きょうわくちょう》』享和三年《きょうわさんねん》）

満開《まんかい》の桜《さくら》も夕暮《ゆうぐ》れに染《そ》まり、花見《はなみ》の人《ひと》びとも早々《そうそう》に我《わ》が家《や》へと帰《かえ》っていくことだ。それにひきかえ、私《わたし》にはかえるべき家《いえ》がない。

✽季語は「夕桜《ゆうざくら》」で春。

享和元年九月、一茶は江戸へもどった。遺産相続交渉はうまくいかず、ふたたび俳人としての生活を送ることになったのだ。

一茶がこの時期住んでいたのは、愛宕《あたご》山《やま》別当勝智院《しょうちいん》（現・江東《こうとう》区大島《おおじま》、大島稲荷神社）という寺である。住職が白布《はくふ》という葛飾派の俳人であったため、その厚意で住まわせてもらうことができたのだが、どうやら蔵を間借りするという形だったようである。

まだ俳人としての名声を確立できておらず、定職にもついていなかった一茶にとって、当時世界最大の人口を誇った巨大都市・江戸で暮らしていくのは過酷なことであった。家を借りるにもお金がかかる。

また、俳人としての活動にも暗雲が立ちこめてくる。享和元年頃から亡師・竹阿から引き継いだ二六庵の庵号《あんごう》を使わなくなっている。これは一茶が宗匠《そうしょう》（俳句選者、指導者）としての看板を失ったことを意味する。葛飾派において、なんらかのいざこざが起きたためだといわれているが、確かなことはわかっていない。

一茶が七年にもおよぶ西国の旅をしている間に素丸《そまる》、元夢《げんむ》といった師匠たちがあいついで亡くなり、一茶の奉公先であったといわれる油問屋の立砂《りゅうさ》も亡くなった。一派の指導者は白芹《はっきん》になった。白芹は一茶にとって、なじみのない人物であった。そういったことが影響しているものと思われる。

掲句であるが、帰るべき家がないというつらさ、故郷を失った一茶のかなしみが深く刻まれている。しかし、それでいながら、一茶の境涯を越えて、誰もが自身の孤独を投影できる普遍性がある。

【参考】

前書き「杕杜《ていと》」とある。『詩経《しきょう》』唐風の篇名。晋《しん》の昭公《しょうこう》が一族を遠ざけ、骨肉が離散する様子を風刺したもの。一茶はこの時期、『詩経』を学んでおり、積極的に俳句に引用した。

我《わが》星《ほし》はどこに旅寝《たびね》や天《あま》の川《がは》《ガワ》（『享和句帖《きょうわくちょう》』享和三年《きょうわさんねん》）

空《そら》を流《なが》れる天《あま》の川《がわ》。無数《むすう》の星々《ほしぼし》の集合《しゅうごう》であるそのなかに、私《わたし》の星《ほし》もあるはずだが、今日《きょう》はどこで旅寝《たびね》をしているのだろうか。

✽季語は「天《あま》の川《がわ》」で秋。

一茶はいつも孤独であった。

三歳で母を失い、十五歳で家を出される。父を失ってからは、継母《ままはは》らを相手に長らく遺産相続争いをすることになる。葛飾派のなかでも居場所が無くなっていく。

これらは一茶の境涯における孤独である。いわば個人的な体験としての孤独である。一茶はそうした孤独を糧にして俳句を詠んだが、時として、境涯といったものを大きく越えることがあった。それは宇宙のなかの孤独である。

この広大な宇宙にあっては誰もが一人である。億光年の時間のなか、一人で生まれて一人で死んでいく。それは人間という存在が誰しも抱えている普遍的な孤独である。

こうした孤独にあっては、継母へのうらみつらみも個人的な運命へのうらみつらみも無い。ただ宇宙のなかに生まれ落ちた者としての孤独だけが、億光年の静けさのなかにぽつねんと佇《たたず》んでいる。

一茶はこの広大な宇宙のなかに自分の星を見出《みいだ》している。それはみずからもまた、この宇宙をさすらう存在であることを認識していることの証《あかし》である。

こうした宇宙観は天文学や宇宙工学が発達した現代からすれば、そう驚くことではないかもしれないが、当時としてはかなり斬新《ざんしん》なものではなかっただろうか。

一茶の時代には、この国の天文学はかなり進んでおり、西洋から高性能の天体望遠鏡が入ってきていた。天保《てんぽう》年間には、鉄砲鍛冶《かじ》・国友一貫斎《くにともいっかんさい》によって国産の天体望遠鏡が作られる。

たとえば、地動説なども入ってきており、当時の人びとの宇宙観は現代人とそう大きな隔たりはなかったと思われる。天の川が無数の星ぼしの集合であることを一茶は知っていた。そしてこの句を詠んだのだ。

【参考】

我星《わがほし》は上総《かづさ》の空《そら》をうろつくか（『文化句帖《ぶんかくちよう》』文化元年《ぶんかがんねん》）

七夕の句。私の星はいまの私とおなじように上総の空をうろついていることだろうの意。掲句とおなじような発想の句であるが、こちらのほうが個人的かつ具体的であるぶん、状況はよくわかるが、普遍性が乏しく、一句のスケールが小さい。

よりか丶《カ》る度《たび》に冷《ひや》つく柱《はしら》哉《かな》（『享和句帖《きようわくちよう》』享和年間《きようわねんかん》）

寄《よ》りかかるたびに、冷《ひ》やりとする柱《はしら》であることよ。

✽季語は「冷やか」で秋。冷つくとは、冷やりとすることをいう。

一見すると愉快な句である。いい意味で子どもじみた無邪気さがある。柱に寄りかかるたびにいちいち背中がひやりとするのを楽しんでいるのだ。

しかし、ひとたび一茶の境涯を重ねあわせて読んでみると、一句の景色は一変する。その柱の冷たさは、どこかじぶんを拒むかのような冷たさである。いうまでもなく、それは一茶の生家の冷たさである。

頼ろうとすると、そのたびに拒まれる。遺産相続交渉の難航を象徴するかのような一句である。

一茶はこの頃から、上総、下総《しもうさ》地方を「田舎修行」と称して盛んに歩いている。行った先々で俳句を指導して収入を得るためであった。

また、文化《ぶんか》元年四月から「一茶園月並《いつさえんつきなみ》」という現在でいうところの結社誌（俳句のグループが刊行する雑誌）のようなものを定期的に発行しはじめ、一茶を中心とした一派を立ち上げようとしていたことがうかがえるが、うまくいかなかったようで、現存しているかぎりでは、およそ二年間で終わってしまったようである。

しかし、その後も上総下総地方への行脚《あんぎゃ》は続いていく。数こそ少ないが、着実に一茶を慕う人びとは増えていった。

例をあげれば、一茶と男女の関係にあったのではないかという説もある富津《ふっつ》の織本《おりもと》花嬌《かきょう》やパトロンでもあった流山《ながれやま》の味醂《みりん》商、秋元双樹《あきもとそうじゅ》などは、この時期から交流があった人びとである。

【参考】

前書き「搔首踟蹰ス」（こうべをかいてちちゅうす）。うなじをさすりながらためらう様子である。『詩経』邶風《はいふう》による。

先例として、芭蕉《ばしょう》の〈ひやひやと壁《かべ》をふまえて昼寝《ひるね》哉《かな》〉がある。横になって足の裏で壁を踏まえながら昼寝をしているのだ。くらべてみると、一茶の句には心理的な陰《いん》翳《えい》があることが、あらためてわかるのではないか。

江戸での一茶（本所相生町時代）

梅《うめ》がかやどなたが来《き》ても欠茶碗《かけぢやわん》　（『文化句帖《ぶんかくちょう》』文化元年《ぶんかがんねん》）

梅《うめ》の香《かお》りが漂《ただよ》い、世《よ》の中《なか》は春《はる》が訪《おとず》れているというのに、我《わ》が庵《いおり》では、誰《だれ》がきても欠《か》けた茶碗《ちゃわん》でもてなすことだ。

＊季語は「梅《うめ》の花《はな》」で春。

文化年間に入り、いよいよ江戸での活動が本格化し、俳句の上でも充実をみせはじめる時期である。江戸での暮らしも、いよいよ板についてきた。

江戸へ戻った一茶《いっさ》は勝智院《しょうちいん》（現・江東《こうとう》区大島《おおじま》、大島稲荷神社）に厄介になっていたのだが、この年の四月、住職の白布《はくふ》が亡くなり、転居を余儀なくされる。

掲句には前書き「立川通御成」とあるが、竪川《たてかわ》（隅田川《すみだがわ》と中川《なかがわ》を東西につなぐ運河）通りの日光御成道《にっこうおなりみち》のこと。一茶は、この年の十月から約五年間、両国《りょうごく》にほど近い本所相生町《ほんじょあいおいちょう》 五丁目（東京都墨田《すみだ》区 緑町《みどりちょう》 一丁目、竪川の北にあたる）に住んだ。

こんどの住まいは、粗末ながらも、ちゃんとした借家である。一茶の友人たちが世話してくれたのだ。竹の植わった庭もあり、塀や垣根もあった。流山《ながれやま》の秋元双樹《あきもとそうじゅ》からは、ありがたいことに家財道具一式が贈られてきた。

見《み》なじまぬ竹《たけ》の夕《ゆふべ》やはつ時雨《しぐれ》　（『文化句帖《ぶんかくちよう》』文化元年《ぶんかがんねん》）

引っ越しを終えたときの感慨である。初時雨の降るなか、竹が植わった我が庭が夕暮れていく。しかし、それはまだ見慣れない景色であるという。あたらしい環境に戸惑いながらも、しみじみとよろこんでいるのがわかる。

この月の終わりには、壁張り、障子張りに勤《いそ》しんでいる。周囲の助けがあったとはいえ、一茶が貧乏であることには変わりない。侘《わび》しい暮らしだったことであろう。しかしながら、日記や俳句から感じられるのは、一茶がそれなりに新居での生活を楽しんでいる様子である。

すでに一茶も四十二歳。これまで、師匠の許《もと》での住みこみや旅暮らし、寺の蔵を間借りするなどしてきたが、侘しいながらも、ようやく一人住まいができるようになった。

掲句であるが、引っ越し後、十二月に詠んだ句。庵にある茶碗はどれも欠けている。しかし、茶碗が欠けても買い換えることもない。

表面だけを受けとれば、我が身の貧を嘆いている句ともとれる。しかし、一茶の構えには、どこか悠々としたところがある。ペーソスの奥には、むしろ貧を楽しんでいるような雰囲気すらあるのだ。

〈どなたが来ても〉というのは、裏を返せば、たとえ、どんな高貴な人物が来駕《らいが》したとしても、おなじように欠茶碗を出すしかない。そういった状況に対する開きなおりの気持ちとも受けとれる。どうせ人間みな平等なのだから、それでいいだろうといっているようでもある。

一茶は身分や貧富の差で人を判断するようなことはしなかった。〈どなたが来ても〉にはそういった一茶の人間観がよく出ているように思える。

【参考】

『文化句帖』は『享和《きょうわ》句帖』につづく句日記で、享和四年（文化に改元）一月から文化五年五月までの四年半を記す。俳人として、いよいよ脂がのり始めた時期である。

木《こ》がらしや地《ぢ》びたに暮《く》る〻《ル》辻諷《つじうた》ひ《イ》　（『文化句帖《ぶんかくちょう》』文化元年《ぶんかがんねん》）

凩《こがらし》が吹き荒《すさ》んでいる。人気《ひとけ》のなくなった往来《おうらい》に今日《きょう》も辻諷《つじうた》いがいる。地《じ》べたに座《すわ》ったまま暮《く》れていこうとしている。

✽季語は「凩《こがらし》」で冬。

辻諷いとは、路上で唄《うた》をうたって物乞《ご》いをする人のことである。小謡などをうたった。むろんたいした芸があるわけではない。地べた（地びた）に坐《すわ》りこんで、物欲しげにこちらを見上げているのだ。こうした人びとは江戸ではめずらしいものではなかった。

この句は「世路山川《せいろさんせん》より嶮《けは》し」と前書きが付いている。世間というものは、山や川といった自然よりも嶮しいという意味だが、一茶からしてみれば、江戸という大都会で生きていくことにくらべれば、草を枕に旅寝するほうが、よほど楽だということであろう。

辻諷いを哀れんだ句であるが、これは同時に一茶自身が日々の江戸暮らしで感じていた厳しさでもあっただろう。吹きつける〈木がらし〉は、世間の当たりの厳しさそのものである。

辻諷いの姿を人間ではなく、まるで物か風景でも暮れていくかのように非情な目線で詠んでいる。それゆえに、その姿はいっそう痛ましく、読者の同情を誘う。

この時期の一茶といえば、「田舎修行」と称して、上総《かずさ》・下総《しもうさ》地方の弟子や知友のもとを巡ることで糊口《ここう》をしのいでいた。むろん、それは一茶の望むところではない。しかし、故郷に帰ることができない以上、そうせざるをえなかった。俳句という芸で生きていくことの厳しさを痛感していた頃である。

一茶にとって辻諷いの姿は他人事《ひとごと》ではなかった。

【参考】

前書きの「世路山川より嶮し」は「孝友異情、山川ヨリモ嶮シ」(『宋書《そうしよ》』)や「人心、山川ヨリモ嶮シ」という諺《ことわざ》などを元にしたもの。

ほかに〈地びた〉を詠んだものでは、同年の作に〈雪汁《ゆきじる》のかかる地《ぢ》びたに和尚顔《をしやうがほ》〉(『文化句帖』)があるが、これは女犯《によぼん》した円覚寺《えんかくじ》の高僧が、日本橋《にほんばし》の橋詰に晒《さら》された様子を詠んだもの。雪解けの汚れた水が、晒し者にされている和尚の顔にかかっているという。これも一茶は同情して詠んでいる。

初《はつ》雪《ゆき》や古《ふる》郷《さと》見《み》ゆる壁《かべ》の穴《あな》　（『文化句帖《ぶんかくちよう》』文化元年《ぶんかがんねん》）

外《そと》では初雪《はつゆき》が舞《ま》っている。貧《まず》しい我《わ》が庵《いおり》の壁《かべ》に空《あ》いた穴《あな》から遠《とお》くふるさとが見《み》えるかのようだ。

✽季語は「初雪《はつゆき》」で冬。

父が亡くなって以来、一茶は故郷から遠ざかっていた。つぎに一茶が故郷へもどるのは、父の七回忌であり、文化四年（一八〇七）のことである。

そうしたこともあって、一句には望郷の思いが滲《にじ》んでいる。壁の穴から故郷が見えるというのは、いかにも一茶らしい冗談であるが、その笑いの向こう側に一抹の淋《さび》しさがあるのは、そのせいだ。

のちに一茶は初雪の句として、

はつ雪《ゆき》をいまくしいと夕《ゆふべ》哉《かな》　（『七番日記《しちばんにつき》』文化《ぶんか》七年《しちねん》）

と詠んでいる。都会では雪は風流なものとされ、また、初雪は初物として、めでたいものとされるが、雪国に住むわれわれにとって、雪はいまいましいものでしかないという意である。一茶の雪というもの、引いては風流なものに対する反抗意識がよくあらわれた句といわれる。

掲句はこれとは正反対といっていい。さすがの一茶もこの故郷を離れていた時期は初雪を見て、少々よろこび、また、いささか感傷的にもなったようである。

文化五年には、つぎのように詠んでいる。

古郷《ふるさと》の袖《そで》引《ひ》く雪《ゆき》が降《ふり》にけり　（『文化五・六年句日記』文化五年）

ふるさとへ帰って来いよと袖を引くかのように雪が降ってきたという。これも掲句同様、望郷の句である。

おなじ雪であるが、江戸にあって、故郷から遠ざかれば、故郷を思い出すなつかしいものであり、故郷にあれば、いまいましいものである。大きな矛盾だが、心情としてはよくわかる。

一茶についていうとき、無風流な態度で俳句を詠んだ点を指摘する人が多いが、そうした見方は、あまりにも一面的ではないだろうか。

この雪に対する詠み分けかたでわかるように、一茶という人は風流か無風流かなどといったことにとらわれず、そのときそのときの自身の思いを正直に詠んでいる。ゆえに一見すると一貫性がないようにも映るが、正直という点では一貫している。これこそが一茶の自在さであり、懐の深さであるのだ。

木《き》つつきの死《し》ねとてたたく柱《はしら》かな　（『文化句帖《ぶんかくちょう》』文化《ぶんか》二年《にねん》）

きつつきが柱《はしら》を叩《たた》いている。その音《おと》はまるで「死《し》ね」といっているかのようである。

✻季語は「啄木鳥《きつつき》」で秋。

「死ね」。

日本の詩歌においてこのことばを使ったのは、一茶がはじめてではないだろうか。死ねとは、あまりにも衝撃的で鋭く胸に突き刺さる。

安房《あわ》鋸南《きょなん》保田《ほた》の大行寺《だいぎょうじ》に滞在していたときに詠んだ句。いつもの「田舎修行」のついでに、このときは鋸南にまで足を延ばした。当地には葛飾《かつしか》派の俳人で児石《じせき》という人がいて、どうやらその人に会いに行ったらしい。この句は児石の庵《いおり》で詠まれたようである。

句帖には同時の作として、

木《き》つつきの飛《と》んでから入《い》る庵《いほり》かな　（『文化句帖《ぶんかくちよう》』文化《ぶんか》二年《にねん》）

といった作品が並んでいるので、おそらく実際に啄木鳥がいたのであろう。一茶には死ねと啄木鳥がいっているように聞こえたわけだが、死ねとは誰にむけたものであろう。一茶に対してのものだろうか。そうだとすれば、それはなぜだろう。故郷のことが念頭にあったのだろうか。

少なくとも、ふだんから死を意識していなければ、こういった句は生まれてこないのではないだろうか。

文化二年は、鈴木《すずき》道彦《みちひこ》と共に上野《うえの》で遊んだり、たびたび芝居見物に出かけたりするなど、一見、気楽に過ごしているようにみえる。

また、前年から札差《ふださし》・夏目《なつめ》成美《せいび》の句会に頻繁に出席するようになる。成美とは師弟関係にも似た友人関係を終生結んでいく。

ちなみに道彦と成美は江戸で人気を二分した俳人である。

江戸《えど》の春《はる》花《はな》は成《せい》美《び》か道《みち》彦《ひこ》か　五明《ごめい》（『塵壺《ちりつぼ》』）

咲き満ちるみごとな桜の花にたとえて、成美と道彦の江戸での名声の高さを囃《はや》しているのだ。ちなみにこの句を詠んだ吉川五明《きっかわごめい》は出羽国の商人で、かれもまた当時一流の俳人である。

成美は独学で俳句を学び、一派を持たない自由な立場で句風を深めていった人である。そういった人柄を慕って、多くの俳人が成美の屋敷を出入りしたが、一茶もそういった一人であった。

道彦は加舎白雄《かやしらお》の弟子。仙台出身の医師であったが、江戸で一派をなし、文化文政時代における最大勢力を誇るまでになる。いささか政治家的な人であったため、一茶とは性格が合わず、次第に疎遠になる。

のちに深い友情で結ばれることになる一瓢《いっぴょう》と初めて会ったのもこの年のことである。一茶の交友が広がりをみせていた時期で、一茶の俳人としての地歩も固まりつつあった。

そんな時期に唐突にみえる一句である。一茶の心の深い闇を覗《のぞ》く思いがする。

心《こころ》からしなのゝ雪《ゆき》に降《ふ》られけり　（『文化句帖《ぶんかくちよう》』文化四年《ぶんかよねん》）

心《こころ》の底《そこ》から信濃《しなの》の雪《ゆき》に降《ふ》られることだ。

＊季語は「雪《ゆき》」で冬。

文化四年（一八〇七）七月、一茶は父の七回忌の法要のため故郷へもどる。父の死以来、はじめてのことである。

このとき、遺産相続のことを弟と話し合うが、うまくいかなかった。一茶は信州北部の俳人（のちに一茶の弟子となる人びと）のもとを巡ったのち、十月八日、江戸へ戻る。しかし、戻って間もなく、その月末にはふたたび故郷へ向かう。もちろん遺産相続の交渉のためである。

雪《ゆき》の日《ひ》や古《ふる》郷《さと》人《びと》もぶあしらひ　（『文化句帖《ぶんかくちよう》』文化四年《ぶんかよねん》）

十一月五日、故郷柏原《かしわばら》へ入ったときの第一声がこの句である。

雪国にあっては、雪の日はみな不機嫌になるのだろう。故郷の人びとでさえも一茶のことを冷たくあしらうという意。

日記によれば、この日は晴れ。〈晴れの日や〉では句にならない。創作的意図のもと、〈雪の日や〉と詠んだのだ。一茶の孤独な心にのみ冷たく降った雪である。

この一句だけをとってみても、一茶が生家でどのような扱いを受けたかがよくわかる。この句は一茶がこぼした愚痴である。

結局、交渉はまったく進展せず、一茶は故郷を後にする。掲句であるが、その帰路、毛野《けの》（現・上水内《かみみのち》郡飯綱《いいづな》町）の門人、滝沢可候宅に滞在していたときに詠んだ。

雪は一茶にとって故郷の象徴であった。あるときは懐かしく、またあるときは冷たく拒んでくるものであった。

掲句においては、〈雪《ゆき》の日《ひ》や古郷人《ふるさとびと》もぶあしらひ〉のような生家に対する不満もなければ、〈初雪《はつゆき》やふるさと見《み》ゆる壁《かべ》の穴《あな》〉のような憧《あこが》れもない。心の底から故郷の雪に降られているというだけである。

複雑に渦巻く故郷への感情が、降りしきる雪によって、すべて真っ白に染められていく。

そこにはただ静かな心があるだけである。

この句のように、自身の境涯を越えて一句が詠まれたとき、一茶の句はより大きなものになる。

ちなみに日記によれば、この日も晴れ。これも一茶の心のなかだけに降る雪であったのだ。

【参考】

日記では後注として「『漢書』ニ有　若人不能留芳百年臭残百年」もし芳名を百年留めることができなければ、臭（悪名）を百年残してしまうという意と記している。

白魚《しらうを》《シラウオ》のどつと生《うま》る丶《ル》おぼろ哉《かな》　（『文化句帖《ぶんかくちょう》』文化五年《ぶんかごねん》）

白魚《しらうお》がどっと生《う》まれる朧夜《おぼろよ》であることよ。

✽季語は「白魚《しらうお》」「朧《おぼろ》」で、いずれも春。

白魚は江戸の名物であった。江戸の春を告げるめでたいものである。そのいっぽう、一年しか命がもたず、見た目にもはかないものであった。そんな白魚が春の息吹《いぶき》のようにどっと生まれてくる。

芭蕉《ばしょう》の有名な句につぎのものがある。

あけぼのやしら魚《うを》しろきこと一寸《いっすん》　芭蕉

芭蕉の句が一匹の白魚のはかない命を詠んで静謐《せいひつ》であるのに対し、一茶の句はたくさんの白魚がいっせいに孵《かえ》る様子である。生命のたくましさを感じさせる。

それでありながら、一抹のあわれがあるのは、朧という季語の働きによるだろう。生まれ出たばかりのたくさんの白魚が朧のなかへ消えていく。先の見えない朧のなかを生きていくのである。これは人間もまたおなじである。

この句を詠んだ文化五年（一八〇八）六月、一茶は祖母の三十三回忌のために帰郷する。

当然のことながら、遺産相続の交渉も行なうのである。長らく続いた弟との遺産相続争いにけりをつけるべく、今回の一茶の覚悟は相当なものだったようだ。

これまで後ろ盾がなかった一茶に、いとこ（実母の兄の子）、宮沢徳左衛門《みやざわとくざえもん》が付いてくれた。

また、この頃には信州でも一茶の俳名は高まり、一茶の弟子になる者も増えていた。選句の依頼もあり、信濃で俳人として活動していくことに、ある程度の目処《めど》が立ったことも、一茶の気持ちを後押ししたのではないだろうか。

しかしながら、交渉は十二月まで長引くことになる。

江戸の成美からは「貧乏人《びんぼうにん》の友《とも》もなくて困《こま》り入申候《いりもうし》」という冗談半分の手紙が届いたほどであった。


【参考】

青年期の一茶の奉公先の主人ともいわれる立砂《りゅうさ》に「大雨《おほあめ》にどつと出《いで》たる小蝶《こてふ》かな」（『随斎筆紀』）があり、これを元に詠んだという指摘がある。

名《めい》月《げつ》の御《ご》覧《らん》の通《とほ》《トオ》り屑《くづ》《クズ》家《や》哉《かな》 （『文化《ぶんか》五年八月句日記《ごねんはちがつくにっき》』文化《ぶんか》五年《ごねん》）

名月《めいげつ》の照《て》らし出《だ》すとおり、我《わ》が家《や》はご覧《らん》のとおりの屑家《くずや》であることよ。

✽季語は「名月《めいげつ》」で秋。

いよいよ遺産相続の交渉も大詰めを迎えていた。掲句はそんなおりに詠まれたものである。

自分が生まれ育った家。そこを追い出されてから早、三十年の月日が経った。一茶はようやくその家に帰ることが許されようとしている。

しかしながら、かくまで自分が執着している家、それはご覧のとおり粗末な家であるという。

これを一茶流の皮肉と解釈する人が多いが、実際はそうではない。

一茶の句を読み解いていく上で、浄土真宗的境地《じょうどしんしゅう》、ことに「自然法爾《じねんほうに》」を欠かすことはできない。ひとことでいえば、それは「あるがまま」を肯定することである。そのことがよくわかる文章がのこっている。「あるがままの芭蕉会」というものである。

何《なに》がしの寺《てら》に芭蕉会《ばせうゑ》あり。門《もん》には蓑《みの》と笠《かさ》とをかけたり。しかるに、けふは又《また》ことさらに晴《は》れたれば、さるもの、蓑《みの》に打水《うちみづ》して其《そ》のぬれたるさまを見《み》せたるも、かの翁《おきな》の昔《むかし》しのぶにはおもしろき企《くはだて》にこそあれ、一念《いちねん》の信《しん》、俳諧《はいかい》に遊《あそ》ぶともがらには、かゝるわざくれの事《こと》も好《よ》しからず。此《こ》の身《み》このままの自然《しぜん》に遊《あそ》ぶこそ尊《たふと》かるべけれ。

仏法《ぶつぽふ》を行ずるといへば、出家《しゆつけ》の真似《まね》して坐禅《ざぜん》にこび、儒《じゆ》といへば唐人《からびと》になりたがるも皆《みな》おのれが平生《へいぜい》をうしなへる病人《びやうにん》にして、修業《しゆげふ》とは思《おも》ふべからずと、かの翁《おきな》もいましめられたり。今《こ》よひの集《つど》ひは、炉《ろ》をかこみて打《うち》くつろぎてこそ御心《みこころ》に叶《かな》ひ侍《はべ》りなん。又《また》、我宗門《われしゆうもん》にては、あながちに弟子《でし》と云《いは》ず、師《し》といはず、如来《によらい》の本願《ほんぐわん》を我《われ》も信《しん》じ、人《ひと》にも信《しん》じさすことなれば、御同朋《おんどうぼう》、御同行《おんどうぎやう》とて平坐《ひらざ》にありて讃談《さんだん》するを常《つね》とす。いはんや俳諧《はいかい》においてをや。たゞ四時《しじ》を友《とも》として、造化《ざうくわ》にしたがひ、言語《げんご》の雅俗《がぞく》より心《こころ》の誠《まこと》をこそのぶべけれ。

いざ〳〵とおのれ先大あぐらして炉《ろ》をかこめば、人〳〵《ひとびと》もさてこそ有《あり》なんとて、おのがじし寛《くつろ》ぎて榾火《ほたび》をつゝき茶《ちや》をすゝれば、心のかまへ更《さら》に苦《くる》しからず。吹《ふ》く松風《まつかぜ》の音《おと》もあるがまゝ、灯火《ともしび》のかげもしづかにて心《こころ》ゆくばかり興《きよう》じけり。

実《げ》に仏法《ぶつぽふ》は出家《しゆつけ》より俗家《ぞつけ》の法、風雅《ふうが》も三五隠者《いんじや》のせまき遊興《いうきよう》の道《みち》にあらず。諸《しよ》人《じん》が心《こころ》のやり所《どころ》となすべきになん。

（「あるがままの芭蕉会」）

信州のとある門人の寺で、芭蕉の忌日（時雨忌《しぐれき》）を修すべく、芭蕉会が開かれた。会場の入り口には、落柿舎《らくししや》に擬して、蓑《みの》と笠《かさ》を掛け、晴れた日であるにも拘《かか》わらず、わざわざ蓑に水を打ってその濡《ぬ》れた様を見せようとしたという。時雨忌というだけに、晴れてカラカラに乾いていては趣が出ないと思ったからだろう。主人はしたり顔だったかもしれない。この風流心、きっと一茶先生も喜ぶだろうと。

しかし、一茶にはこの「わざくれ」がどうにも気に食わない。それもそのはず、「あるがまま」ではないからだ。そして次のように諫《いさ》めている。

「芭蕉さんの昔を偲《しの》ぶには面白い趣向かもしれないが、本気で俳諧《はいかい》に打ち込むわれわれにとっては、このようなたわむれ事は、好もしくない。この身、このままの『あるがまま』に遊ぶことこそ尊いのである。

やれ仏教を修行するといえば、恰好《かつこう》ばかり座禅のまねごとをしてへつらい、やれ儒学を学ぼうというと、中国人になりたがる。これらはみな平常心を失った病人のすることだと芭蕉さんだって言っているではないか。

私の信仰する浄土真宗では、師弟などの関係はとらず、お互いを御同行といい、平坐でやるものだ。それは俳諧でも同じ。一個の人間としてうち寛《くつろ》いで、茶でもすすりながら、松風の音を聞き、灯影も静かに心ゆくまま俳句に興ずることができる。「あるがまま」から発する心の誠で勝負しようじゃないか

よけいな「わざくれ（計らい）」を捨て、「あるがまま」を良しとする。それは人生上の飾りを取り払うことであり、ひいてはそれが俳句の上にあらわれてくる。これこそが一茶の根本的なあり方だった。

一茶の故郷、信州柏原は、当時、村民のほとんどが浄土真宗の門徒であった。一茶の家も先祖代々真宗門徒であった。両親は敬虔《けいけん》な真宗門徒であり、一茶も幼少より真宗的思想にふれて育った。

「自然法爾（＝あるがまま）」は、親鸞《しんらん》最晩年の思想。人間があれこれ無駄な手段を講じるのではなく、人為を超えた阿弥陀仏の力に一切の救済を任せるというもの。これは一茶の俳句には、年齢を深めるごとにその世界が色濃くはっきりと出てくる。これは追々ふれていくことになる。

あらためて掲句であるが、〈御覧の通り屑家哉〉という感慨は、まさしく「あるが

まま」を肯定する強い意志から生まれたものである。尊い月光に照らされ、みすぼらしさがあらわになった家。たしかに屑家である。しかし、これはじぶんの生家である。自分が住むべき家である。一茶はそのことに心から充《み》ち足りているのだ。

一茶は社会的地位も富も欲していなかった。ましてや俳壇的地位なども眼中になかった。ただ本来じぶんが住むべきだった家、じぶんが耕すべきだった田畑さえあればよかったのだ。たとえそれが屑家であっても、一茶にとっては、じゅうぶんだったのだ。

そして十一月、ついに遺産相続交渉が成立し、ようやく念願が叶《かな》うことになった。父の遺言どおり、遺産は一茶にも分配され、生家を弟と分割して住むことを承認されたのだ。

しかし、まもなく一転して破談となる。

すでに決まっていた家屋の分割、田畑・山林の分配譲渡の上に、さらなる賠償金三十両を要求したせいである。

これは一茶方に付いてくれた従兄弟《いとこ》の徳左衛門が、一茶にけしかけて要求させたものといわれている。一茶の本意であったかどうかはわからない。のちに得ることになるその賠償金は徳左衛門のものとなることから、そのように推測されているのだ。

結局、一茶はこの破談により、ふたたび江戸へ戻らざるをえなくなってしまった。失意のうちに江戸へ戻った一茶であったが、これまで住んでいた本所相生町の借家には、すでにつぎの入居者が入ってしまっていた。大家もまさか一茶が戻ってくるとは思わなかったのだろう。故郷帰住の夢もつかの間、一茶はなんと宿無しになってしまったのだ。

結局、成美の家に厄介になり、年を越す事になる。

江戸での一茶（『七番日記』の時代）

元日《ぐわんじつ/ガンジツ》や我《われ》のみならぬ巣《す》なし鳥《どり》 （『文化六年句日記《ぶんかろくねんくにっき》』文化六年《ぶんかろくねん》）

めでたい元日《がんじつ》であることよ。しかし世《よ》の中《なか》には私《わたし》だけでなく、巣《す》のない鳥《とり》たちがたくさんいることだ。

✽季語は「元日《がんじつ》」で新年。

帰郷していた間に江戸の家を失い、夏目成美《なつめせいび》宅で年を越した一茶《いっさ》。その元日に詠んだ句である。（歳旦吟《さいたんぎん》という）

〈我のみならぬ〉、つまり、家がないのは、鳥たちも一緒で、じぶんだけではないといって、みずからを慰めているのである。

元日といえば、実家で家族と過ごすものであった。現代でも多くの人がそうであろう。一茶はそれもかなわない。それどころか、住むところさえないのだ。

じつはこの句、もうひとつの意味がある。この年の元日、江戸で大火が起きている。日本橋佐内町《にほんばしさないちょう》（現・中央区《ちゅうおうく》日本橋一丁目、二丁目）で出火し、本所《ほんじょ》まで燃え広がった。

一茶はこれを念頭に掲句を詠んでいる。〈我のみならぬ〉は、焼け出された人びとのことでもあるのだ。

文化六年（一八〇九）の一茶は、主に旅暮らしであった。まさに〈巣なし鳥〉である。いつもの上総《かずさ》・下総《しもうさ》を巡ったほか、あらたに一茶の門人となった信濃《しなの》の人びとのもとも巡っている。この頃には故郷信濃においても、一茶の知名度は高まっていたのだ。

五月には遺産相続交渉のため、柏原《かしわばら》に帰るが、母方の宮沢《みやざわ》家に泊まるなどして、実家には泊まっていない。両者の間の溝はいよいよ深いものとなっていた。

結局、今回も交渉はうまくいかず、冬ごろ、むなしく江戸へ戻る。下谷《したや》坂本《さかもと》町（現・台東《たいとう》区下谷一、二丁目、根岸《ねぎし》一、三丁目）に仮住まいをして年を越した。

このときのことを句文にしている。

上野《うへの》の桙に蝸牛《かたつむり》のから家《いへ》かりて、露《つゆ》の間《あひだ》の夢《ゆめ》のむすび所《ところ》とす。きのふあたり住《すみ》倦《あき》たる人《ひと》のなせるわざにや、垣《かき》の蕣《あさがほ》のそれなりに枯《かれ》て、其実《そのみ》はほろ〳〵落《おち》たり。いく人《ひと》の涙《なみだ》をかけし果《はて》とも思《おも》れて、秋《あき》にたち増りて哀《あは》れなり。

又《また》、門口二尺《かどぐちにしやく》ばかりなる土《つち》をならして、菜《な》のやうなるもの蒔置《まきお》けるが、雪《ゆき》の片《かた》隅《すみ》にほや〳〵と青《あを》みぬ。是必愛度春《はる》を迎《むか》へて、餅《もち》いはふべき旦《たん》の料《れう》ならんか。壁《かべ》は七福《しちふく》即生の守《まも》り張重《はりかさ》ねて、盗人《ぬすびと》の輩《やから》を防《ふせ》ぎ、竈《かまど》は大根注連《だいこんじめ》といふものを引はへて、回禄《くわいろく》を逃《のが》れんとす。荒神松《くわうじんまつ》はいまだ野《の》の色《いろ》ながら、横《よこ》ざまにこけたり。皆《みな》ただ行末《ゆくすゑ》いつ迄《まで》か住果んあらましぞと見《み》ゆるも、今《いま》は雲《くも》にや迹《あと》をくらましけん、山《やま》にや影《かげ》をかくしけん。すべていづこかつひの栖《すみか》ならん。かくいふ我《われ》もしばしが程《ほど》に、又人《またひと》にかくいはれんことをおもふのみ。

身《み》に添《そふ》や前《まへ》の主《あるじ》の寒《さむさ》迄《まで》　（『文政版一茶発句集』）

上野の山のふもとに蝸牛の抜け殻のような家を借りて、たちまち消えてしまう露のようにはかないこの夢の世に仮住まいすることにした。

きのうまで住んでいた人が住み飽きておこなったのだろうか、垣の朝顔は枯れて、ほろほろと実をこぼしている。人が情けをかけた果てがこれかと思われて、秋よりもいっそう哀れである。また、門のところに二尺ほど土が均《なら》してあり、蒔《ま》いてあった菜のようなものが、雪の片隅でほやほやと青く育っている。

これらはすべて、前に住んでいた人が人生の行く末、いつまでかわからないが、ここに住み果てようというつもりでいた跡であるのに、どうしたわけか、いまは雲の奥に姿をくらましたのか、山に隠れてしまったのか、行方がわからなくなった。いずれにせよ、どこかが終《つい》の住処《すみか》となったのだろう。

かくいう自分もまた、いずれ人にこのようにいわれるだろうということを思うばかりである。

以上が意訳である。

前に住んでいた人は何らかの理由で突然いなくなったものらしく、家にはその人が暮らしていた跡（これからも暮らしていこうとしていた跡）が、まざまざと残っていた。おそらく今は亡き人なのだろう。

一茶は自身もまた、いずれこのような運命をたどるのだろうと思っている。一つの家をめぐって、住み替わっていく人びとの運命に思いを馳《は》せているのだ。

句の意味は、前に住んでいた見も知らぬ人の寒さまで我が身に感じているというもの。

江戸という大都会で孤独に暮らしていくことの寒々しさをつくづく感じたのであった。

【参考】

前書きに「随斎《ずいさい》のもとにありて乞食客《こつじき》一茶述」とある。「随斎《ずいさい》」とは夏目成美の庵号。一茶はみずからを「乞食客《こつじき》」と卑下していっている。

雪《ゆき》とけてクリ〳〵したる月夜《つきよ》哉《かな》　（『七番日記《しちばんにつき》』文化《ぶんか》七年《しちねん》）

雪《ゆき》が解《と》けて空《そら》では満月《まんげつ》がくりくりとしている夜《よる》であることよ。

✽季語は「雪解《ゆきどけ》」で春。

『七番日記』の時代になると、一茶の俳句はいよいよ自在になっていく。大人ならば、こうした子どもじみた句は、良識が邪魔して、そもそも思いつかないか、仮に思いついても、句にすることを避けてしまいがちなのであるが、一茶はどんどん詠んだ。馬鹿にされてもいっこうに構わないのだ。親のない子といじめられ、貧乏人と侮られてきた一茶にしてみてば、なにも怖いものなどない。

俳人に限らず、多くの人は、じぶんがいかに賢い人間であるか、じぶんがいかにすごい人間であるか、他人に認めさせようとしてしまいがちであるが、一茶にはそういった態度が微塵《みじん》もみられない。

一茶はあるがままにおのれのありようをさらけ出す強さを持っていた。まさしく「自然法爾《じねんほうに》」である。

また、〈我《われ》と来《き》て遊《あそ》べや親《おや》のない雀《すずめ》〉でもふれたように、一茶には他人とじぶんは違うのだという認識があった。どうあがいても、じぶんはじぶんでしかない。いわゆる自我である。これも強みである。

この時期、一茶は所属していた葛飾《かつしか》派ともほとんど関わりを絶っている。俳壇で一旗あげようという気もない。したがって、誰かに遠慮することもない。詠みたいように詠むだけである。

子どもじみているといわれようが、馬鹿馬鹿しいといわれようが、一茶には関係がなかった。

こうしたありようが円熟した形で俳句にあらわれてくるのが、この『七番日記』のころである。

掲句にもどるが、いわゆるオノマトペ（擬音語、擬態語）を駆使した句である。〈クリクリ〉というのがそれにあたる。

月のことを〈クリクリ〉というのは、独特でありながら、春の潤みを帯びた満月の生命感を生きいきととらえていて、たしかな手触りがある。なにより音感がいい。

雪が解けて春が来たよろこびが、この〈クリクリ〉という音だけで、すべていいあらわされている。

オノマトペは一茶の代名詞のようなものであるが、掲句はその代表ともいえる句である。ほかにも挙げてみよう。

きり〳〵しやんとしてさく桔梗《ききやう》哉《かな》　（『七番日記《しちばんにつき》』文化《ぶんか》九《く》年《ねん》）
むまさうな雪《ゆき》がふうはりふはり哉《かな》　（『七番日記《しちばんにつき》』文化《ぶんか》十《じゆう》年《ねん》）
穀《こく》値《ね》段《だん》どか〳〵下《さ》がるあつさ哉《かな》　（『文政九・十年句日記』文政九年）

一句目、〈きりきりしやん〉は、てきぱきとした、きりっとしたしっかり者の女性のことをいう擬態語。桔梗の花のその立ち姿をいっている。

二句目、雪が舞う様子を〈ふうはりふはり〉といった。

三句目、穀物の値段がどんどん下がることを〈どかどか〉といっている。

いずれもオノマトペが効いている。

ただし、こうしたオノマトペの句が有名になったことが、一茶のことを誤解させるきっかけになったことも否定できない。すでに述べたとおり、一茶の俳句は子どもじみていて、深みに欠けるという誤解だ。

しかしながら、こうしたオノマトペの句は、一茶の世界のほんの氷山の一角に過ぎない。それによって一茶を切り捨ててしまうのではなく、一茶がどうしてこのような句を詠むようになったか、その氷山の見えざる大きな部分を考えていくことが大事である。

【参考】

『七番日記』(稿本)は自筆の句日記。「七番」は句日記の順番を示すと思われるが、不明。一茶がみずから名付けた題名である。文化七年(一八一〇)一月から文化十五年(文政元年、一八一八)十二月までの日記と俳句を記している。四十八歳から五十六歳という円熟期であり、一茶の俳句がもっとも充実をみせる時期である。

古《ふる》郷《さと》やよるも障《さはる》《サワル》も茨《ばら》の花《はな》　（『七番日記《しちばんにっき》』文化《ぶんか》七年《しちねん》）

立《た》ち寄《よ》るにも、触《ふ》れるにも、刺々《とげとげ》しい茨《いばら》の花《はな》のような故郷《こきょう》であることよ。

✽季語は「茨《ばら》の花《はな》」で夏。

文化七年（一八一〇）五月、一茶は帰郷するが、ずいぶん冷たい仕打ちを受ける。掲句は弟と継母《ままはは》の一茶に対する刺々しさをいったものである。対立は深まり、生家に立ち寄ることさえ、難しくなっていたのだ。

『七番日記』のこの句の前文は「村長誰《そんちょうだれ》かれに逢《あひ》て我家《わがや》に入《い》る。きのふ心《こころ》の占のごとく素湯《さゆ》一つとも云《いは》ざれば、そこ〳〵にして出《で》る」とある。

村長をはじめ誰彼に会ったあと、生家をおとずれたが、予期していたとおり、白湯《さゆ》のひとつも出してくれないため、早々に立ち去ったというのだ。

こういった状況では遺産相続交渉もうまくいくはずもなく、一茶はむなしく江戸に帰る。

この年の十一月、成美宅に滞在していたとき、一茶は事件に巻きこまれる。ある朝、成美が金箱を改めたところ、そこにあるはずの金子《きんす》がなくなっていたのだ。

家をあげて大捜索となり、家にいたすべての者が外出を禁じられることになる。当然、居候の一茶も疑われ、奉公人やほかの食客らとともに五日間、成美宅に足留めされる。

一茶にとって、居候の辛《つら》さをあらためて感じる事件だった。この年は何事においても、ままならない時期であったようである。故郷帰住への思いはいっそう強まったことだろう。

行《ゆ》く年《とし》や空《そら》の青《あを》《アオ》さに守谷《もりや》まで　（『我春集《わがはるしゅう》』文化七年《ぶんかしちねん》）

年《とし》が去《さ》ってゆくよ。晴《は》れ渡《わた》る空《そら》の青《あお》さに守谷《もりや》まで歩《ある》いて行《い》こう。

✻季語は「行《ゆ》く年《とし》」で冬。

「守谷」は茨城県守谷市。当地には一茶が懇意にしていた西林寺《さいりんじ》がある。住職は俳号を鶴老《かくろう》といい、全国的に名の知れた俳人であった。この句は年末に西林寺を訪れたときのものである。

俳句に推敲《すいこう》（句を練り直すこと）は欠かせない。十七音という少ない音数で最大の詩的効果を生む必要があるからだ。

一茶にも推敲の跡がうかがえる例がたくさんあるが、この句はそのひとつ。掲句はもともと、

行《ゆ》くとしや空《そら》の名《な》残《ごり》を守谷《もりや》迄《まで》

という形であった。

いよいよ年も押し詰まり、残りわずかとなった今年の空を守谷まで歩いていくという意だが、「行く年」と「名残」というのでは、どうにも理屈になってしまう。つまり、年末だから空も今年の名残のものだというのだ。ちょっとしたおかしみはあるが、やはり理屈で訴えかける句でしかない。

そこで一茶は掲句のように直した。

行《ゆ》く年《とし》や空《そら》の青《あを》さに守《もり》谷《や》まで

一転して、明朗ですがすがしい句になった。どこまでも広がる青空が目に浮かび、守谷へむかう一茶の心の弾みまで伝わってくる。推敲によって、よけいな理屈を取り去ったのだ。

一茶というと、推敲などせず、口をつくまま俳句を詠み捨てていったかのように思われているが、実際はそうではない。しっかり句を練っていた。掲句は一茶の推敲が成功した好例である。

一茶は西林寺でたびたび句会をしているが、その発会の挨拶《あいさつ》を書いて『我春集《わがはるしゅう》』の序文としている。一茶の俳句観がうかがえる文章であるので紹介したい。

昔々《むかしむかし》、清《きよ》き泉《いづみ》のむくむくと湧出《わきいづ》る別荘《べつさう》をもちたるものありけり。たやすく人《ひと》の汲《く》みほさんことをおそれて、井筒《ゐづつ》の廻《まは》りに覆《おほひ》におほひを作《つくり》て、倩年《つらつらとし》をへたりける程《ほど》に、いつしか垣《かき》も朽《く》ち、水《みづ》もわろくなりて、茨《いばら》・おどろ（注・藪《やぶ》のこと）、おのがさまざまにしげりあひ、蛭《ひる》・孑孑《ぼうふら》ところ得顔にをどりつつ、つひに人《ひと》しらぬ野中《のなか》のむもれ井《ゐ》とぞなれりける。

此道《このみち》こころざすも又《また》さの通《とほ》り、よりより魂《たましひ》の醭《かび》を洗《あら》ひ、つとめて心《こころ》の古《ふる》みを汲《く》みほさざれば、彼《か》の腐《くさ》れ俳諧《はいかい》となりて、果《はて》は犬《いぬ》さへも喰《く》らはずなりぬべき。

されどおのれが水《みづ》の臭《くさ》きはしらで、世《よ》をうらみ、人《ひと》をそしりて、ゆくゆく理屈《りくつ》地獄《ぢごく》にくるしびまぬがれざらんとす。さるをなげきて籠山《こもりやま》の聖人《しやうにん》、手かしこく此《この》俳崛《はいくつ》をいとなみ、日夜《にちや》そこにこぞりて、おのおの練《ね》り出《いだ》せる句々《くく》の決断所《けつだんどころ》とす。春《はる》の始《はじめ》より入《い》り来《き》たる人々相《ひとびとあひ》かまへて、其場《そのば》のがれの正月《しやうぐわつ》こと葉《ば》など、必ず、のたまふまじきもの也《なり》。

文化七年十二月日《ぶんくわしちねんじふにぐわつにち》

しなのの乞食首領《こつじきしゆりやう》一茶《いつさ》書

（『我春集』）

むかしむかし、清らかな水がむくむく湧き出る井戸がある別荘を持った人がいた。

その人は他人にこの井戸の水を汲《く》み干されてしまってはいやだと思い、井戸の周りに厳重に覆いを作って、人を遠ざけた。

そうして長い年月が経ったが、いつしか垣も朽ち果て、井戸の水も悪くなってしまった。井戸にはとげとげしい茨《いばら》が藪《やぶ》のように生い茂り、蛭《ひる》や孑孑《ぼうふら》がたくさん湧いて、ついに人知れぬ埋もれ井戸となってしまった。

俳句の道を志すのも又このようなもので、よりより魂の黴《かび》を洗って、つとめて心の古みを汲み干すようにしなければ、彼の腐れ俳諧《はいかい》となって、果は犬さえも喰《く》わなくなるものである。

しかしながら、たいていの場合は、おのれの水が臭くなっているのも知らないで、世をうらみ、人をそしって、ゆくゆくはひとりよがりになって苦しむことをまぬがれることができないものである。

そのことを嘆いて、籠山こと西林寺の聖人鶴老が、この俳堀《はいくつ》（俳諧道場）をいとなみ、日夜、人びとが集まって、おのおの練り出した句の決断所としたのである。

こんどの春から参加する人々はお互いに覚悟を決め、その場のがれの正月言葉、つまり、たてまえやお世辞など、かざりたてた言葉は、ここでは決して、いってはならない。

以上が意訳である。「しなの乞食首領《こつじき》」とは、なんとも意気軒昂《けんこう》で勇ましく、微笑ましい。

ここで一茶がいいたいのは、おもに次のふたつのことであろう。ひとつは俳句にむかうにあたっては、常に新鮮な心でいなさい、ということ。もうひとつは、言葉に飾りはいらない、あるがままであれ、ということである。

なぜ一茶の俳句は時代を超えて、いまなお新鮮であり続けるのか。その答えをうかがい知ることができる文章である。

【参考】

『我春集』（稿本）は主に文化八年の句文をまとめた自筆の句文集。書名は一茶によるものではなく、後人によるもの。

掲句のほかに主だった句を紹介しておく。

我《わ》が春《はる》も上々吉《じやうじやうきち》ぞ梅《うめ》の花《はな》　（『我春集《わがはるしゆう》』文化《ぶんか》八年《はちねん》）

春《はる》風《かぜ》や牛《うし》に引《ひ》かれて善《ぜん》光《くわう》寺《じ》　（『我春集《わがはるしゆう》』『七番日記』文化《ぶんか》八年《はちねん》）

一句目、「上々吉」は歌舞伎の評判記で用いられる語で、最上級の評価をする際に使われる。私の春も最高であるといっている。

二句目、春風駘蕩《たいとう》のなか、のんびりと牛に引かれながら善光寺《ぜんこうじ》までやってきた様子。

がりがりと竹《たけ》齧《かじ》りけりきりぎりす　（『我春集《わがはるしゅう》』文化《ぶんか》八年《はちねん》）

がりがりと竹《たけ》を齧《かじ》って、籠《かご》の外《そと》へ出《で》ようとしているきりぎりすであるよ。

✽季語は「きりぎりす」で秋。

一茶、四十九歳にして、すべての歯を失ってしまう。
この句に先立って書かれた日記の文にそのときの様子を知ることができる。

十六日昼《じふろくにちひる》ごろ、キセルの中塞《なかふさ》がりてければ、麦《むぎ》わらのやうに竹《たけ》をけづりてさし入《いれ》たるに、中《なか》にしぶりてふっにぬけず、竹《たけ》の先《さき》僅《わづか》爪《つめ》のかかる程《ほど》なれば、すべきやうなく、前々《まへまへ》より欠《か》け残《のこ》りたるおく歯《ば》にてしかと咥《くはえ》て引《ひき》たりけるに、竹《たけ》はぬけずして、歯《は》はめり〳〵とくだけぬ。あはれあが仏《ほとけ》とたのみたるただ一本《いっぽん》の歯《は》なりけり。さうなきあやまちしたりけり。釘《くぎ》ぬくものにせば、する〳〵とぬけぬべきを。
（『我春集』）

六月十六日の昼ごろ、一茶はいつものようにキセルで煙草をふかしていた。ところがキセルが詰まってしまう。

麦わらのように細く竹を削って差しこんでみたが、こんどはその竹がキセルの中に入りこんでしまい、いっこうに抜ける気配がない。竹はわずかに爪がかかるかどうかというほどしか、先が出ていない状態だったので、しかたなく欠け残っていた奥歯でしかと咥《くわ》えて引っぱったところ、竹は抜けずに、歯がめりめりと砕けてしまった。頼みにしていた最後の一本の歯であったのに、とんでもない失敗をしてしまったことだと一茶は嘆く。釘抜きを使えば、するすると抜けたであろうにと後悔するが、失った歯はもうもどらない。

こうした出来事があって、掲句を詠んでいる。

歯が抜け落ちてしまった一茶には、きりぎりすの噛《か》む力が、若々しく、うらやましいものに思えたのだ。

一茶はじぶんの歯をだいぶ気にしていたようで、この時期、しばしば俳句にしている。

なけなしの歯《は》をゆるがしぬ秋《あき》の風《かぜ》　（『文化五・六年句日記』文化《ぶんか》六年《ろくねん》）

すりこ木《ぎ》のやうな歯茎《はぐき》も花《はな》の春《はる》　（『七番日記《しちばんにっき》』文化十年《ぶんかじゅうねん》）
かくれ家《が》や歯《は》のない口《くち》で福《ふく》は内《うち》　（『七番日記《しちばんにっき》』文化十年《ぶんかじゅうねん》）

一句目はまだわずかに歯が残っていたころのもの。

二句目は歯をすべて失って、歯茎もすりこ木のようにすり減ってしまった老いの身であるが、無事、新春を迎えることができて、めでたいという句。

三句目は自虐の句。歯の抜け落ちた老人であるが、いまさら福は内などといって、福を呼びこもうとしている厚かましさをいっている。節分の様子である。

四十九歳というと、現代のわれわれからみれば、まだまだ若々しく元気な年齢であるが、当時の感覚では老人なのである。


【参考】平安時代には、きりぎりすとこおろぎの名称がそれぞれ逆のものを指したといわれ、江戸時代もそうであったとする説があるが、定かではない。江戸時代後期、一茶のころは、すでに現在とおなじであったともいわれる。この句なども、やはり現代とおなじくきりぎりすであるように思える。

月《つき》花《はな》や四《し》十《じふ》《ジュウ》九《く》年《ねん》のむだ歩《ある》き（『七番日記《しちばんにっき》』文化八年《ぶんかはちねん》）

月《つき》よ花《はな》よ、四十九年《しじゅうくねん》の私《わたし》のむだ歩《ある》きの歳月《さいげつ》よ。

✽季語は「月《つき》」が秋、「花《はな》」が春。月と花という風雅の代表といえるふたつを重ねた。

人生五十年といわれた時代である。そういった時代にあって、四十九という年齢は特別な意味をもった。

人生の時間はあとわずかしか残されていない。そんな焦りが言外にあるのだ。

晩年を迎えようとしている自身の人生をふりかえったとき、〈むだ歩き〉の人生だったという無念が、一茶の胸中に沸き起こってくるのだ。

家もなく、耕すべき田畑もなく、妻子もない。

四十九《しじゅうく》という数字、くりかえし口ずさんでみると、あることに気づくのではないだろうか。

そう、これは「始終苦《しじゅうく》」でもあるのだ。

西行《さいぎょう》や宗祇《そうぎ》といった古人を慕い、みずからの意志をもって漂泊に生きた芭蕉とは異なり、一茶の場合、やむにやまれぬ事情から旅に生きざるをえなかった。始終苦の旅に生きることは一茶にとって本意ではなかった。

その思いが、〈むだ歩き〉ということばに集約されている。

ちなみに『雨月物語《うげつものがたり》』の作者、上田《うえだ》秋成《あきなり》はつぎのように芭蕉のことを皮肉っている。

これやかの翁《おきな》といふ者《もの》（注・芭蕉《ばしよう》のこと）、湖上《こじやう》の茅檐《かやのき》、深川《ふかがは》の蕉窓《せうさう》、所《ところ》さだめず住《す》みなして、西行《さいぎやう》、宗祇《そうぎ》の昔をとなへ、檜《ひのき》の木《き》笠《がさ》、竹《たけ》の杖《つゑ》に世《よ》をうかれありきし人也《ひとなり》とや。

（中略）

かの古《いに》しへの人々《ひとびと》は、保元寿永《ほうげんじゆえい》のみだれ打《う》ちつづきて、寶祚《ほうそ》（注・皇位）も今《いま》やいづ方《かた》に奪《うば》ひもて行くらんと思《おも》へば、そこと定《さだ》めて住《す》みつかぬもことわり感《かん》ぜらるる也《なり》。今《いま》、ひとりも嘉吉応仁《かきつおうにん》の世《よ》に生《う》まれあひて、月日《つきひ》も地《ち》に落《お》ち、山川《やまかは》も劫灰《ごふはひ》とや尽《つ》きずなんとおもひまどはんには、何このやどりなるべき、「さらに時雨《しぐれ》の」と観念《くわんねん》すべき時世《じせい》なりけり。八《や》洲《しま》（注・日本）の外行《そとゆ》く浪《なみ》も風吹《かぜふ》きたたず、四《よ》つの民草《たみぐさ》（注・士農工商《しのうこうしよう》）おのれおのれが業《げふ》をおさめて、何々か定《さだ》めて住《す》みつくべきを、僧俗《そうぞく》いづれともなき人《ひと》の、かく事触《ことふ》れて狂《くる》ひあるくなん、まことに堯年鼓腹《げうねんこふく》のあまりといへども、ゆめゆめ学《まな》ぶまじき人《ひと》の有様也《ありさまなり》とぞ思《おも》ふ。

（上田秋成《うえだあきなり》「去年《こぞ》の枝折《しおり》」）

なんといっているかというと、芭蕉は西行や宗祇に憧《あこが》れて旅をしたけれども、西行や宗祇の旅が、それぞれ源平《げんぺい》合戦や応仁《おうにん》の乱という戦乱の世にあって、京の都に居つづけることができず、やむにやまれぬ旅であったのに対し、芭蕉は元禄《げんろく》の太平の世にあって、おとなしく故郷の田舎に引っ込んでいればいいものを、わざわざ、いまでいうところの住所不定無職の状態になってまで、ふらふらと狂い歩いて、いくら平和ボケの世の中といえども、決してわれわれが学ぶべき人のありさまではないといっている。秋成らしく、なかなか辛辣《しんらつ》である。

もしも秋成が一茶の時代に在って、一茶の〈むだ歩き〉のことを知ったならば、なんといっただろうか。同情したであろうか。それともやはり、こき下ろしただろうか。

【参考】

「今朝《けさ》の春四十九《はるしじふく》ぢやもの是《これ》も花《はな》」（『七番日記』文化八年）があり、四十九歳という年齢もまた花であるといって、前向きにみずからを祝っている。こちらの句のほうが一茶の向日性が出ている。

田《た》の雁《かり》や里《さと》の人数《にんず》はけふ《キョウ》もへる　（『七番日記《しちばんにっき》』文化《ぶんか》八年《はちねん》）

田《た》んぼに雁《かり》がやってきたぞ。それにひきかえ、里人《さとびと》の数《かず》は今日《きょう》も減《へ》ってい
く。

✻季語は「雁《かり》」で秋。

信濃では、ちょうど田仕事が終わったころに雁がやってくる。雁は稲の刈り取りが終わった田んぼで落ち穂などを食べる。秋が深まるにつれ、里に飛来する雁の数は増えていく。

それとは反対に人の数は減っていく。農閑期に入ると仕事がなくなる農家の男たちは、雪に閉ざされる前に出稼ぎにゆく。比較的江戸に出やすかった信濃では、とくに出稼ぎに出る人が多かった。

それゆえ、山里では日毎《ひごと》に人が減ってゆき、見かけるのは雁ばかりになってしまうのだ。

出稼ぎに出た人びとは、江戸で苦労した。かれらが江戸でどういう扱いを受けてい

たかが、よくわかる句がある。

椋《むく》鳥《どり》と人《ひと》に呼る寒《さむ》さ哉《かな》（『八番日記《はちばんにつき》』文政二年《ぶんせいにねん》）

〈椋鳥〉とは当時、出稼ぎの人を蔑《さげす》んでいうことばであった。いまであれば、差別用語になったかもしれない。

〈椋鳥〉は大集団をなして飛んで来る。声がうるさく、見た目もあまりよくない鳥である。田舎から集団でやってくる出稼ぎの人びとの姿が、それに似ているということから〈椋鳥〉と呼ばれるようになったのだ。

一茶もまた〈椋鳥〉であった。都会の人から嫌味と蔑みをこめて〈椋鳥〉と呼ばれた。この句の〈寒さ〉とは、心が感じた寒さである。

そんな一茶であったが、この年、大坂で発行された俳人番付「正風俳諧名家角力組《しやうふうはいかいめいかすまふぐみ》」で東方最上段の八人目に格付けされている。これは江戸の俳人では三番目に位置する。

【参考】一茶の俳人としての評価は年々高まっていたのだ。

雁《かり》鳴《な》くや村《むら》の人数《にんず》はけふもへる　（『我春集』）
初《はつ》雁《かり》や里《さと》の人数《にんず》はけふもへる　（『一茶句集』希杖《きじょう》本）

といった句形もある。

亡《な》き母《はは》や海《うみ》見《み》る度《たび》に見《み》る度《たび》に（『七番日記《しちばんにっき》』文化九年《ぶんかくねん》）

亡《な》き母《はは》よ、海《うみ》を見《み》るたびにあなたのことを思《おも》い出《だ》す。

✽無季。

すでにご承知のとおり、一茶の母くには、一茶が三歳のときに亡くなっている。したがって、一茶には母の記憶はない。しかし、海を見るたびに母のことを思い出すというのである。

山国生まれの一茶にとって、海はけっして懐かしいものではなかっただろう。ふうに考えれば、母を思い出す要素にはならないはずだ。

たとえば加藤楸邨《かとうしゅうそん》はこの句について、一茶は「海そのものに母が感じとれた」のだといっており、母なる海という普遍性から一茶の思いに迫っており、興味深い指摘ではあるが、さきにあげたことがどうしても気になってしまう。

一茶はなぜこのように詠んだのだろうか。ヒントは翌日に詠んだ句にある。

紫《むらさき》の雲《くも》にいつ乗《の》るにしの海《うみ》　（『七番日記《しちばんにっき》』文化九年《ぶんかくねん》）

これは臨終のさい、極楽浄土から阿弥陀如来《あみだにょらい》が紫の雲に乗って迎えにくることをいっている。西の海とは、西方浄土（あの世）へ続く海のことである。

自分はいったい、いつ紫の雲に乗って西の海を渡って行くことになるのだろうという意である。いつでも死への心の準備はできていると言外にいっている。

この句からわかるのは、海はあの世につながるものと一茶が考えていたということである。

これを踏まえてもういちど掲句をみてみよう。

この海の向こうには、極楽浄土があって、そこには亡き母がいる。老いたじぶんも、もうじき、この海を渡って母のもとへ行くのだという一茶の思いが感じられてくるのではないか。

【参考】

夏目成美に「母のうせける時」と前書きした〈母《はは》なしに我身《わがみ》はなりぬ身《み》はなりぬ〉（『随斎翁家集《ずいさいおうかしゅう》』）があり、掲句はこの句に影響を受けたと思われる。無季であること、おなじことばを繰り返していることが共通している。

なの花《はな》のとつぱづれ也《なり》ふじの山《やま》（『七番日記《しちばんにっき》』文化九年《ぶんかくねん》）

菜《な》の花畑《はなばたけ》のいちばん端《はし》のほうにあるよ、富士山《ふじさん》は。

✱季語は「菜《な》の花《はな》」で春。

房総《ぼうそう》半島から富士山を眺めた景であろう。じつに大胆な構図で富士山を詠んでいる。野放図というべきか。

〈とつぱづれ〉とは、なんともぞんざいな口ぶりであるが、ぞんざいに扱われるほどに、富士山がいっそうあわれなものに思えてくる。この句の生彩は〈とつぱづれ〉の語によるものだ。

一茶の同時代人である葛飾北斎《かつしかほくさい》が『富嶽三十六景《ふがくさんじゆうろつけい》』の制作に着手しはじめたのは、この句よりすこしあとの文政《ぶんせい》六年（一八二三）頃である。

それまで富士山は画の中心に大きく描かれるべきものであった。日本の象徴であり、霊峰として崇《あが》められてきたものであるからだ。

たとえば天明時代に活躍した与謝蕪村《よさぶそん》の「富嶽列松図《ふがくれつしようず》」は近景に松林を描き、その奥に大きな富士山を描いているが、やはり画の中心は富士山である。それが文化文政の時代の浮世絵になると、ほんらい中心となるべき富士が背景として小さく描かれるようになる。たとえば『富嶽三十六景』のなかでも、もっとも有名な「神奈川沖浪裏《かながわおきなみうら》」は、大きくうねる浪が中心であり、その奥に富士山がちょこんと描かれている。

掲句は北斎とおなじく、富士山はあくまでも背景でしかない。いちめんの菜の花畑が主役であって、富士山はその外れにちょこんとみえるだけである。掲句の構図はまさしく浮世絵的であり、文化文政時代ならではのものといえる。

蕪村の句につぎのものがある。

不二《ふじ》ひとつ埋《うづ》みのこして若葉《わかば》かな　（『蕪村句集《ぶそんくしゅう》』明和七年《めいわしちねん》）

若葉が生い茂っているのだが、そこに富士山だけは埋もれずに聳《そび》えているという。構図はやはり「富嶽列松図」とおなじである。松と若葉の違いがあるだけだ。従来の富士山のあるべきありようを頑《かたく》なに守っている。画にも俳句にも蕪村のまじめさがでている。

優等生な詠みぶりの蕪村。それに対して、従来の富士山のイメージを壊すような大胆な詠みぶりの一茶。たんに両者の個性の違いというだけではなく、そこには時代の違いもあるのだ。

いざいなん江戸《えど》は涼《すず》みもむつかしき　（『七番日記《しちばんにっき》』文化九年《ぶんかくねん》）

さあ帰《かえ》ろう。なにかと窮屈《きゅうくつ》な江戸《えど》では涼《すず》むことも難《むずか》しい。

✽季語は「納涼《のうりょう》（涼《すず》み）」で夏。

江戸という大都会で孤独に暮らしていくことに、一茶はいよいよ我慢の限界を感じていたのだろう。

遺産相続問題はまだ決着していなかったが、その結果がどうなるにせよ、一茶はすでにこのときには江戸を引き払うつもりだった。その決意表明の一句である。

この年は三月に富津《ふっつ》をおとずれ、亡くなった織本花嬌《おりもとかきょう》（文化七年没）の追善集『追《つい》善迹錦《ぜんあとにしき》』を編集している。こうしたことも区切りになったかもしれない。

すでにふれたとおり、俳人番付でも上位になるほど一茶の知名度も上がった。江戸で出来ることは、やり終えたという気持ちがあったのではないだろうか。

〈いざいなん〉は陶淵明《とうえんめい》の有名な「帰去来辞《ききょらいのじ》」の〈帰去来兮《かへりなんいざ》〉を踏まえる。「さあ、故郷へ帰ろう」という意味である。

この詩は陶淵明が官吏の生活を捨て、故郷で田園生活を送ることを決意したときの思いを詠んだものである。

この陶淵明の詩は、当時の一茶の心情とぴったり重なる。状況が許すならば、一茶もまた陶淵明のように生きたいのだ。やむにやまれぬ故郷への思いが一茶にこの句を詠ませた。

そして宣言どおり、この句を詠んだ翌六月には柏原へ帰っている。しかし、このときは決着せず、その後、毛野《けの》(現・上水内郡飯綱町《かみみのちいいづなまち》)の滝沢可候《たきざわかこう》や長沼《ながぬま》(長野市穂保《ほやす》)の住田素鏡《すみたそきょう》といった信濃の弟子たちのもとを巡って、八月、いったん江戸へもどっている。

十月、親友であり、パトロンでもあった流山《ながれやま》の秋元双樹《あきもとそうじゅ》が亡くなる。一茶は故郷帰住への思いをいっそう強くしたにちがいない。

十二月、いよいよ一茶は江戸を引き払うことになる。

有明《ありあけ》や浅間《あさま》の霧《きり》が膳《ぜん》をはふ《ウ》（『七番日記《しちばんにつき》』文化九年《ぶんかくねん》）

空《そら》はまだ明《あ》けきっておらず、月《つき》が残《のこ》っている。浅間山《あさまやま》から霧《きり》が流《なが》れてきて、私《わたし》の朝食《ちようしよく》の膳《ぜん》の上《うえ》を這《は》っている。

✿季語は「霧《きり》」で秋。

一茶にとって、浅間《あさま》山はなじみの深い山だった。故郷の柏原と江戸を行き来するとき、かならず目にした山であったからだ。

このときは軽井沢《かるいざわ》で詠んでいるが、八月、柏原からいったん江戸へもどる途中のことである。夜も明けきらぬうちから、朝食をとり、早々と旅立とうとしているのである。

軽井沢は浅間山の南東の裾野に位置する。いまでこそ避暑地として有名だが、それは明治《めいじ》以降に欧米人がやって来てからのこと。当時は中山道《なかせんどう》の宿場町のひとつに過ぎなかった。

一茶が泊まっているのは、おそらく貧乏宿だろう。朝の膳も粗末なものであっただろう。そこへ霧が流れてきた。どうやら浅間山から降りてきたものらしい。浅間山といえば、人びとの信仰をあつめた神聖な山である。そこから流れてくる霧となれば、旅人一茶には、ありがたいものに感じられたことだろう。

同時に浅間山はおそろしい山でもある。天明《てんめい》三年（一七八三）、一茶が二十一歳のとき、大噴火している。この大噴火が引き金となって、天明の大飢饉《ききん》が起こった。若き日の一茶はこの大噴火の惨状を聞き書きしたものを『寛政三年紀行』に記している。

　このあたりは去《いに》し頃《ころ》とよ、浅間《あさま》山《やま》の砂《すな》ふりて、人《ひと》をなやめる盤石《ばんじやく》も跡《あと》かたなく埋《うも》り、牛《うし》を隠《かく》す大木《たいぼく》もしらじらと枯《か》れ立《た》てり。十《と》とせ近《ちか》くなれど、そのほとぼり冷《さ》めずして、囀《さへづ》る鳥《とり》もすくなく、走《はし》る獣《けもの》も稀《まれ》なりけり。しかるに、生《い》き残《のこ》りたる人《ひと》の作《つく》りし里《さと》と見《み》えて、新《あたら》しき家《いへ》四《よ》つ二《ふた》つ見《み》ゆ。過《す》ぎし天明三年六月二十七日《てんめいさんねんろくぐわつにじふしちにち》より、山《やま》はごろごろと鳴《な》り、地《ち》はゆらゆらとうごきて、日《ひ》は経《ふ》れども止《や》まず。人々《ひとびと》は薄《うす》き氷《こほり》を踏《ふ》むに等《ひと》しく、嵐《あらし》の梢《こずゑ》に住《す》むがごとく、世《よ》や滅《ほろ》ぼすらん、天《てん》や落《お》ちぬらんと、さらに生《い》ける心地《ここち》もせず、さればとて、退《の》くべき所《ところ》もなく、蕣《あさがほ》の朝日《あさひ》を希《ねが》ひ、蜻蛉《とんぼ》の夕《ゆふ》べを待《ま》つ思《おも》ひして、最期《さいご》の支度《したく》より外《ほか》はなかりけり。

然《しか》るに、七月八日申《しちぐわつやうかさる》の刻《こく》ばかりに、一烟《いちえん》、怒《おこ》つて人《ひと》にまとひ、猛火《まうくわ》、天《てん》を焦《こが》し、大石、民屋《みんおく》に落《お》ちて、身《み》をうごかすにたよりなく、熱湯大河《ねつたうたいが》となりて、石《いし》は燃《も》えながら流《なが》れ、その湯《ゆ》、上野吾妻郡《こうづけあがつまぐん》に溢《あふ》れ入《い》りて、里々村々、神社仏閣《じんじやぶつかく》も是《これ》がために亡《ほろ》び、比目連理《ひもくれんり》ちとせのちぎりも、ただ一時《いつとき》の淡《ほのほ》ときえ、朝夕神《あさゆふかみ》とあがめし主《しゆ》人《じん》も、累年杖《るいねんつゑ》と頼《たの》みし奴僕《ぬぼく》も、救《すく》ふによしなく、生《い》きながら長《なが》の別《わか》れとなりぬ。或《あるい》は虚《むな》しき乳房《ちぶさ》にとりつき流《なが》るるも有《あ》り、あるは財布《さいふ》かかへて溺《おぼ》るるも有《あ》り。人《ひと》に馬《うま》に皆《みな》、利根川《とねがは》の藻屑《もくづ》と漂《ただよ》ふ。刹利《せつり》も首陀《すだ》もかはらぬといふ奈落《ならく》の底《そこ》のありさま、目前《もくぜん》に見《み》んとは。稀々《まれまれ》生《い》き残《のこ》りて祝《いは》ふも、終《つひ》に孤《みなしご》となりてかなしむ。今物《いまもの》がたりに聞《き》いてさへ□（注・□は欠落）、まして其《そ》の時《とき》、其身《そのみ》においてをや。

（『寛政三年紀行』）

一茶は浅間山のおそろしさについても、じゅうぶん知っていた。なつかしくも恐ろしい山。だからこそ、いっそうありがたく感じられたことだろう。

その後、いったん江戸へもどった一茶であるが、十二月、江戸を引き払い、ふたたび柏原へ向かうことはすでに述べたとおりである。

是《これ》がまあつひの栖《すみか》か雪《ゆき》五《ご》尺《しやく》　（『七番日記《しちばんにつき》』文化九年《ぶんかくねん》）

これがまあ、私《わたし》の終《つい》の栖《すみか》であるか。雪《ゆき》が五尺《ごしやく》も積《つ》もっている。

✽季語は「雪《ゆき》」で冬。

文化九年（一八一二）十二月。一茶五十歳。遺産相続問題に決着を着けるべく、江戸を完全に引き払い、故郷柏原にもどってきた。柏原に借家をかりていることからみても、完全に退路を断った形である。

掲句はそのときのもの。雪に埋もれる生家を眺めて詠んだ。前にもふれたが、柏原は、信州でも有数の豪雪地帯である。〈雪五尺〉（約百五十二センチメートル）とあるが、その数字に誇張はないだろう。

それもあってか、従来の解釈では、「〈是がまあ〉からは、故郷の雪にうんざりした一茶の嘆息が聞こえてくる」とするものがほとんどである。そして、「これからこの家に暮らしていかなくてはいけないのか」と嘆いているというのだ。

たしかに表面上はそのようにいっているように聞こえなくもないが、しかし、そういった解釈では、これまで一茶が見せてきた古郷帰住への執念とあまりにも矛盾する。そもそも、一茶にしてみれば、心の底から帰りたかった生家である。江戸での暮らしが長くなったとはいえ、雪にも慣れている。〈是がまあ〉を嘆きとして、そのまま真に受けてしまうのは、一茶からすると、本意ではないのではないだろうか。

照れ屋の一茶にしてみれば、ようやくわが栖となる生家を前にして、手放しでよろこぶのは照れくさいのである。ゆえに自虐と謙遜《けんそん》で笑みを誘おうとしているのだ。掲句は「これまで漂泊の暮らしをつづけてきたが、ようやく定住が叶《かな》おうとしており、終の栖が定まってうれしく思っているのだが、その家は五尺の雪に埋もれている」といった感じのことをいっているのではないだろうか。〈是がまあ〉は一茶の照れ隠しであろう。なんだかんだいいながらも、満足しているのだ。

当時、一茶は成美《せいび》に指導を仰いでいたが、この句についても批評を請うている。最初の段階では中七〈死所《しにどころ》かよ〉という案もあった。

是《これ》がまあつひの栖《すみか》か雪《ゆき》五《ご》尺《しやく》
是《これ》がまあ死《しに》所《どころ》かよ雪《ゆき》五《ご》尺《しやく》

どちらにすべきか悩んだ一茶は、ふたつの案を併記して成美に送った。

成美は〈つひの栖〉のほうを採った。〈死所かよ〉は朱で消している。一茶もそれを受け入れ、それ以降、〈つひの栖〉を決定稿とした。

なぜ、そうしたかについては、書き残されていない。ゆえに想像するほかないが、おそらく〈死所〉ではことばが重すぎて笑いにならないという判断だったのではないだろうか。

嘆きの句であれば、〈死所かよ〉でもよかっただろう。しかし、仮にもし、〈死所かよ〉になっていたら、ここまで有名な句にはならなかったのではないか。

芭《ば》《バ》蕉翁《せうをう》《ショウオウ》の臑《すね》をかぢ《ジ》つて夕《ゆふ》《ユウ》涼《すずみ》（『七番日記《しちばんにっき》』文化十年《ぶんかじゅうねん》）

芭蕉翁《ばしょうおう》の脛《すね》をかじって生《い》きてきた私《わたし》であるが、気楽《きらく》に夕涼《ゆうすず》みをしている。

✽季語は「夕涼《ゆうすずみ》」で夏。

当時の多くの俳人がそうであったように、一茶もまた芭蕉を尊敬していた。

義《ぎ》仲寺《ちゆうじ》へいそぎ候《さうらふ》はつしぐれ　（『しぐれ会《え》』寛政七年《かんせいしちねん》）

ばせを翁《をう》の像《ざう》と二人《ふたり》やはつ時雨《しぐれ》　（『文政句帖《ぶんせいくちょう》』文政六年《ぶんせいろくねん》）

時期は異なるが、いずれも芭蕉を敬った句である。

一句目は芭蕉の墓がある義仲寺で執り行われる時雨会に急いで馳《は》せ参じようという意。時雨会は芭蕉の忌日を修する句会のこと。このときは高桑闌更《たかくわらんこう》が主催した時雨会に参加している。

二句目は芭蕉の木像であるが、まるで芭蕉と二人でいるかのようであるという。

これらの句からわかるように、一茶の芭蕉への畏敬《いけい》の念は終生変わらなかった。

江戸時代にあっては、俳句の世界が乱れるたびに、芭蕉に帰れという動きがあった。蕉風復古《しょうふうふっこ》という。

一茶の時代も同様であった。寛政五年（一七九三）の芭蕉百回忌における蕉風復古の大きなうねりの延長にあったのが、文化文政時代の俳壇であった。

しかし、その実態といえば、蕉風復古などとは、口ばかりで、芭蕉への理解はともなわず、たんに人気者の芭蕉をダシにして利益を得ようという連中が大半であった。

一茶はそれを見抜いていたのだ。

そんなこともあって、掲句には、うんと毒がこめられている。

子どもが自立できず、親がかりになっていることを「親の臑をかじる」というが、一茶はそれをもじって「芭蕉の臑をかじる」と詠んでいる。

もちろん表向きは一茶自身のこととして詠んでいるのだが、これは一茶の自虐というのみならず、俳句を食い物にしていた当時の俳人たちすべてに対する皮肉である。しょせん、みな芭蕉様の臑をかじっているだけではないか。

一茶はそういいたかったのである。

ユいうぜんとして山《やま》をみる蛙《かはづかな》哉《カワズ》（『七番日記《しちばんにっき》』文化十年《ぶんかじゅうねん》）

悠然《ゆうぜん》と山《やま》を見《み》ている蛙《かえる》であることよ。

✽季語は「蛙《かわず》」で春。

文化十年（一八一三）一月、いよいよ遺産相続問題に決着がつく。しびれを切らした一茶が、強硬策をとったのだ。これ以上揉《も》めるようならば、江戸の奉行所に出訴することを弟に伝えたのである。

弟にしてみれば、江戸まで出て闘うのは、かなりの負担であるし、勝ち目も乏しい。そもそも遺言に背くという点で、まったく筋が通っていないのだ。それをわかっていながら、ここまで引き延ばしてきた。一茶は江戸を引き上げてきており、一歩も引く気はない。弟と継母《ままはは》はついに白旗をあげた。

菩提寺《ぼだいじ》である明専寺《みょうせんじ》の和尚が仲介役、村の有力者銀蔵《ぎんぞう》が立会人となり、正式に和解が成立する。一茶には実母の実家宮沢《みやざわ》家、弟には小林《こばやし》家の本家がそれぞれ後見に付いた。

父の遺言どおり、家屋、田畑、山林を折半。加えて享和《きようわ》元年以来、何かと難癖をつけて延引した賠償金として、十一両二歩を支払わせた。前回はこの賠償金を巡ってこじれてしまったが、今回は金額を三十両から下げることで合意した。

父の死に始まり、約十二年にも及んだ争いが、ここにようやく終わったのである。

掲句は遺産争いが決着したばかりの頃に詠んだ句。

陶淵明の有名な詩「飲酒」の其五から「悠然見南山」を下敷きにして詠んでいる。

廬《いほり》を結《むす》んで人境《じんきやう》に在《あ》り
而《しか》も車馬《しやば》の喧《かまびす》しき無《な》し
君《きみ》に問《と》う何《なん》ぞ能《よ》く爾《しか》ると
心《こころ》遠《とほ》く地《ち》自《おのづ》から偏《へん》なればなり
菊《きく》を採《と》る東《とう》籬《り》の下《もと》
悠《いう》然《ぜん》として南《なん》山《ざん》を見《み》る
山《さん》気《き》日《につ》夕《せき》に佳《よ》し
飛《ひ》鳥《てう》相《あい》與《とも》に還《かへ》る
此《こ》の中《うち》に真《しん》意《い》有《あ》り

辨《べん》ぜんと欲《ほっ》して已《すで》に言《げん》を忘《わす》る

人里に庵《いおり》を結んで住まいしているが、役人の車馬の音に煩わされることはない。「どうしてそんなことがありうるのだ」とお尋ねか。私の心は世俗から遠く離れているため、ここもおのずから辺境の地になるのだ。

庵の東の垣根のもとに咲いている菊を手折りつつ、悠然とした気持ちではるか南山を眺めている。山の景色は暮れ方が佳《よ》く、鳥たちが連れ立って塒《ねぐら》へ帰っていく。この自然の中にこそ、人間のあるべき真の心がある。しかし、それを説明しようとしたとたん、言葉などもう忘れてしまうのだ。

以上が意訳である。

江戸での落ち着かないその日暮らし、知友や弟子のもとをめぐる「田舎修行」、そして遺産相続争いのごたごた。

十五歳で生家を追われて以来、これまで一茶が心静かに過ごすことができる時間はなかった。

掲句の〈蛙〉はまさしく一茶自身の姿であり、陶淵明のいうところの〈真意〉、すなわち人間のあるべき真の心にようやく浸ることができるようになったのだ。

【参考】

前年の作に次の句がある。

夕空《ゆふぞら》をにらみつめたる蛙哉《かはづかな》（『七番日記《しちばんにっき》』文化九年《ぶんかくねん》）

掲句の原案だと思われるが、そのあらわす世界は真逆である。蛙が遠く夕空を睨《にら》み詰めているというのである。遺産相続争いが決着しておらず、まだ闘っていた時期である。一茶には悠然と山を見る余裕などなかった。

春《はる》風《かぜ》や鼠《ねずみ》のなめる角《すみ》田《だ》川《がは》《ガワ》（『七番日記《しちばんにつき》』文化十年《ぶんかじゆうねん》）

春風《はるかぜ》が吹《ふ》きわたるなか、隅田川《すみだがわ》の水《みず》を鼠《ねずみ》が舐《な》めている。

✽季語は「春風《はるかぜ》」で春。

当時、百万人ともいわれる人口を抱え、世界最大の都市であった江戸。その物流や交通の中心は舟であり、隅田川は日本中からあつまる様々な物資を江戸へ送り込む大動脈であった。江戸の繁栄は隅田川と共にあったといっていい。

たとえば芭蕉が住んだ深川《ふかがわ》の芭蕉庵は隅田川に面しており、舟を利用すれば、どこへ出るにも便利であった。じっさい「鹿島《かしま》紀行」や「奥の細道」の旅では、深川から舟で旅立っている。

当時もっとも繁華だった日本橋《にほんばし》は芭蕉庵から隅田川を挟んだ目と鼻の先であり、人々や物資が賑《にぎ》やかに行き交う様子を日々、庵《いおり》から眺めていたことだろう。隅田川沿いはたいへん栄えていたのである。

一茶もまた、隅田川の近くに住んでいた。本所相生町の借家は両国《りようごく》、蔵前《くらまえ》に近い。

その前に住んでいた大島《おおじま》の勝智院《しょうちいん》は隅田川と新川《しんかわ》を結ぶ小名木川《おなぎがわ》のそばであった。

掲句であるが、鼠が出てきて隅田川の水を舐めている様子を詠んでいるが、この鼠はいわば都会のどぶ鼠である。

われわれは夜明けの繁華街にどぶ鼠が出てきてゴミを漁《あさ》っている光景をよく目にするが、それに近いものがあるのではないだろうか。

【参考】

『志多良《しだら》』などでは〈春雨《はるさめ》や鼠《ねずみ》のなめる角田川《すみだがは》〉となっている。成美はこの句を「奇々妙々」と評している。

大《だい》の字《じ》に寝《ね》て涼《すず》しさよ淋《さび》しさよ　（『七番日記《しちばんにっき》』文化十年《ぶんかじゅうねん》）

大《だい》の字《じ》になって寝《ね》てみると、涼《すず》しさとともに淋《さび》しさを感《かん》じることよ。

✽季語は「涼《すず》し」で夏。

大の字になって昼寝をしているのだ。遺産相続問題が解決して、ほっとしている時期である。

〈大の字に寝て涼しさよ〉には、念願のものを手に入れた満足感があらわれているように読める。

しかし、下五で一転して、〈淋しさよ〉となる。

これは人が満ち足りたときに感じる淋しさであろう。これは誰しもいちどは感じた経験があるのではないだろうか。

ことに一茶の場合、家や田畑こそ得たけれども、実はまだなにも幸せを手にしていない。

一茶には妻も子もいない。一緒に住んでくれる人もいなければ、田畑の手伝いをしてくれる人もいない。そう、一人なのだ。

家と田畑を手にした一茶は、これから家族を作っていくことになる。

この頃、掲句のほかにも涼しげな句を詠んでいる。

汗《あせ》の玉《たま》草《くさ》葉《ば》に置《お》かばどの位《くらゐ》　（『七番日記《しちばんにっき》』文化十年《ぶんかじゅうねん》）

ふつうならば草葉に置くといえば、はかないものの象徴である露の玉なのだが、一茶は汗の玉と詠んだ。

たいへん暑い日で、うんと汗をかいているのだろう。この汗を露のように草葉に置いたら、どれくらいの量になるだろうといって茶化している。

汗の句なのだが、露を想像させるせいか、清らかで涼しげである。


下々《げげ》も下々《げげ》下々《げげ》の下国《げこく》の涼《すず》しさよ　（『七番日記《しちばんにっき》』文化十年《ぶんかじゅうねん》）

〈名月《めいげつ》をとってくれろと泣子哉《なくこかな》〉の項ですでに述べたが、文化十年（一八一三）六月の旅中、尻《しり》にデキモノができてしまい、弟子の文路《ぶんろ》のもとで七十五日間にわたり病臥《びょうが》する。これもそのときの句。『志多良』には「おく信濃に浴して」とあるが、湯田中《ゆだなか》温泉あたりに逗留《とうりゅう》したときのことを病床で思い出しながら詠んだのであろう。

日本の古代律令制度では、諸国を大、上、中、下の四等級に格付けしている。信濃は上国であるため、この句における〈下国〉とは、律令制度の下国ではない。いかに鄙《ひな》びたところかということをいっているのだろう。

しかも〈下国〉であることを一茶はよろこんでいる。なにしろ〈いざいなん江戸《えど》は涼《すず》みもむつかしき〉と詠んだ一茶である。誰かれに気兼ねすることなく涼むことができる〈下国〉を心から満喫しているのだ。

信濃での生活

五《ご》十《じふ》聟《むこ》天窓《あたま》をかくす扇《あふぎ》かな　（真蹟《しんせき》　文化十一年《ぶんかじゆういちねん》）

私《わたし》は五十歳《ごじゆつさい》の婿《むこ》。恥《は》ずかしさに白髪頭《しらがあたま》を隠《かく》す扇《おうぎ》であるよ。

✽季語は「扇」で夏。

一茶《いっさ》ははじめて妻を娶《めと》る。五十二歳の春のことである。

一茶は『七番日記《しちばんにっき》』につぎのように記している。

四月十一日《しぐわつじふいちにち》、赤川《あかがは》ノ里《さと》、常田《ときた》氏《し》ノ女《をんな》ヲ娶《めと》ル。女年《をんなとし》二十八《にじふはち》ト云《い》フ。五十二《ごじふに》ニシテ始《はじ》メテ妻帯《さいたい》ス。

妻の名は菊《きく》。二十八歳。赤川《あかがわ》（現・長野県上水内《かみみのち》郡信濃《しなの》町《まち》赤川）の常田《ときた》氏の娘を妻に迎えた。常田《ときた》家は屋号を「こくや」といい、米穀取引業を営む農家であった。裕福な家で、下男や下女を使っていた。

菊は結婚するまで、柏原《かしわばら》で奉公していたといわれる。柏原の本陣（大名が参勤交代の際に宿泊した旅館）である中村家《なかむら》で働いていたらしい。中村家には一茶も出入りしていたので、以前からお互いに顔ぐらいは知っていたのではないだろうか。

二十八歳といえば、当時としては菊も晩婚であった（奉公に出ていたためと思われる）。とはいえ、五十二歳の一茶にしてみれば、不釣り合いなほど若い。

掲句にはつぎのような前文がある。

五十年《ごじふねん》、一日《いちにち》の安《やす》き日《ひ》もなく、ことし春漸《はるやうや》く妻《つま》を迎《むか》へ、我身《わがみ》につもる老《お》いを忘《わす》れて、凡夫《ぼんぷ》の浅《あさ》ましさに、初花《はつはな》に胡蝶《こてふ》の戯《たはむ》るゝが如《ごと》く、幸《さち》あらんとねがふことのはづかしさ。あきらめがたきは業《ごふ》のふしぎ、おそろしくなん思《おも》ひ侍《はべ》りぬ。（真蹟）

五十年、一日として心安い日もなく過ごしてきたが、今年の春、ようやく妻を迎え、老いの身であることも忘れて、凡夫（煩悩《ぼんのう》にとらわれている人）の浅ましさに、初花に胡蝶《こちょう》が戯《たわむ》れるかのように幸せになることを願うことの恥ずかしさ。このように現世《げんせ》をあきらめ難いのは、業（前世の因果）のなせる不思議、おそろしく思えてくるといっている。

一茶にしてみれば、人生五十年といわれるなか、五十二歳にして、若い妻を娶るという幸せな状況が、おそろしく思えてきたのだ。これまでのつらい逆境の日々を思えば、一茶が戸惑うのは無理もないことである。

一茶はじぶんの状況を客観的にみている。年甲斐《がい》もなく若い妻を迎え、幸せを願っていることを恥じ、前世の因果を怖れている。浮かれたところがない。

続けてつぎのようにある。


千代《ちよ》の小松《こまつ》と祝《いは》ひはやされて、行《ゆく》すゑの幸有《さちあ》らん迚《とて》、隣々へ酒《さけ》ふるまひて

「千代の小松」とは、千年生きる長寿のたとえであり、めでたいことをいう。正月の子《ね》の日には、小松を根っこから引き抜いて、長寿と健康を祝った。

結婚披露に隣近所へ酒をふるまいにいったところ、若い妻を迎えたことを冷やかされた。少しでも長生きして二人で幸せになれといわれているのだ。

そのときに詠んだのが掲句である。

年甲斐もない恥ずかしさに、思わず扇で頭を隠しているわけだが、どうやら一茶は白髪を気にしていたようである。

蜂《こほろぎ》の巣《す》にはいつなる我《わが》白髪《しらが》　（『文化五・六年句日記』文化《ぶんか》五年《ごねん》）
ちる花《はな》に罪《つみ》も報《むくひ》もしら髪《が》哉《かな》　（『七番日記《しちばんにつき》』文化十一年《ぶんかじゆういちねん》）
大毛虫《おほけむし》白髪《しらが》くらべに来《く》る事《こと》か　（『文政句帖《ぶんせいくちよう》』文政六年《ぶんせいろくねん》）

一句目、いつか蜂《こおろぎ》の巣になってしまいそうなくらい、ぼさぼさの白髪なのである。二句目、罪も報いもすべてはこの白髪にあらわれているという。三句目、真っ白な大毛虫がいる。一茶の頭と白髪比べしにやって来たというのだ。一茶にとって、白髪は自身の老いの象徴であったようである。

掲句と同時の作に、

三日月《みかづき》に天窓《あたま》うつなよほと、ぎす　（真蹟《しんせき》）

がある。三日月で天窓を打つなよとほととぎすに呼びかけているのだが、もちろんこれは、じぶん自身のことをいっている。幸せに浮かれて天窓を打つなという戒めである。おどけながらも、やはりどこか客観的にじぶんをみているのである。

漂泊と孤独に生きてきた一茶がようやく手に入れた幸せである。一茶の生涯にあって、もっとも希望に満ちた時期がこのころであった。

大根《だいこ》引《ひき》大根《だいこ》で道《みち》を教《おし》へ《エ》けり（『七番日記《しちばんにっき》』文化十一年《ぶんかじゅういちねん》）

大根《だいこん》を引《ひ》き抜《ぬ》いている農夫《のうふ》。抜《ぬ》いたばかりの大根《だいこん》で道《みち》を教《おし》えてくれる。

✽季語は「大根」で冬。大根引《だいこひき》は大根を引いている農夫のこと。

この年、四月に菊と結婚した一茶であるが、八月には早々に江戸《えど》へ出てしまい、年末まで帰ってこない。

新妻をほったらかしにして、何をしていたかというと、いつものごとく江戸や上総《かずさ》下総《しもうさ》をめぐっている。世話になった人びとに遺産交渉の成立の報告と結婚の挨拶《あいさつ》をしてまわったようだ。

また、十一月にはみずからの江戸俳壇引退を祝う撰集『三韓人《さんかんじん》』を江戸の版元から刊行しているが、その編集作業に追われていたものとみえる。

それらを終えて、江戸から帰る途上で詠んだのが掲句である。日記をみるかぎり、熊谷《くまがや》（現・埼玉県熊谷市）あたりで詠んだものである。

大根を引き抜いている農夫に、道をたずねたところ、その抜いたばかりの大根で行く手を指しながら、道を教えてくれたのである。

抜いたばかりの大根のまぶしい白さや土の匂いが伝わってくるが、なにより、この大根引の佇《たたず》まいが、さながら聖人のようで印象的である。たとえば田園に隠遁《いんとん》した陶淵明《とうえんめい》のようでもあるし、あるいは「道」を説いた老子《ろうし》や荘子《そうし》のようでもある。いずれも一茶が敬愛した古人である。

この句における「道」とは、そのまま受けとれば、たんに信濃までの帰り道のことなのだが、一茶にしてみれば、なんども通った道である。はたして迷うことがあっただろうか。

やはり人生という名の「道」のことか、あるいは老子や荘子のいう「道」のことをいっているのではないだろうか。

【参考】

川柳に〈ひんぬいた大根で道《みち》をおしへられ〉（『誹風柳多留《はいふうやなぎだる》』明和《めいわ》二年（一七六五）刊）があり、その影響が指摘されるが、一茶がその句を知っていたかどうかは定かではない。

雪《ゆき》ちるやきのふは見《み》えぬ借家札《しやくやふだ》　（『三韓人《さんかんじん》』文化十一年《ぶんかじゆういちねん》）

雪《ゆき》が散《ち》ってきたよ。きのう《ウ》**はなかった借家札《しやくやふだ》がぶら下《さ》がっている。**

✽季語は「雪」で冬。

借り手を求める借家札がぶら下がっている。急に空家《あきや》になった家があり、入居者を募集しているのだ。

人の移り変わりが激しかった江戸では、よく見られた光景だったのではないだろうか。

この寂しげな空家は、じつは一茶自身が住んでいた家のことである。信濃へ帰住するさいに手放した借家である。

前書きには「石の上の住居《すまゐ》のこゝろせはしさよ」とある。「樹下石上《じゆかせきじよう》」（修行者が樹の下や石の上を住まいにして修行することから、出家して修行に励むことをいう）を踏まえるが、文意からすると、たんに漂泊の身の落ち着かなさをいったもののようである。

この句の初案は、まだ江戸にいた年に詠まれている。

雪《ゆき》ちるやきのふは見《み》えぬ明家札《あきやふだ》（『七番日記《しちばんにっき》』文化十年《ぶんかじゅうねん》）

やはり〈明家札〉よりも〈借家札〉とするほうが、より生活感があって、生々しい。芭蕉《ばしよう》は「奥の細道」へ旅立つときに、

草《くさ》の戸《と》も住替《すみかは》る代《よ》ぞひなの家《いへ》（芭蕉《ばしよう》『おくのほそ道《みち》』）

と詠んでいる。旅立ったあと、つぎに入ってくる家族が雛《ひな》を飾って桃の節句を祝っている様子を詠んでいる。〈草の戸〉は古典的なことばであり、隠者の雰囲気がある。一句には心があたたまるような、ほのぼのとした抒情《じよじよう》がある。

いっぽうで一茶の句には、江戸という近代的都市で生活する一市民としての生々しい感覚がある。われわれ現代人が都市生活において、しばしば感じる殺風景な寒々しさを一茶もまた感じていたのだ。〈借家札〉はまさにその象徴である。

すでに述べたとおり、一茶は江戸を離れ、故郷へ帰住した。信濃へ帰るということは、俳壇の中心を離れることを意味した。ふつうの俳人が江戸俳壇から離れることは、さまざまな難しさがあったはずだが、一茶はもともと俳壇

で名声を得ることに執着していなかった。それよりも生家で暮らすことのほうが大事なことだったのだ。

そんな一茶のために成美《せいび》らが送別の半歌仙《はんかせん》（十八句連ねた連句）を巻いてくれることになった。そのときの発句（第一句目）が掲句である。半歌仙は撰集《せんしゅう》『三韓人』の巻頭に据えられている。

【参考】

『三韓人』は江戸俳壇引退を記念して刊行した撰集。交友があった俳人たちの句を収める。序文は夏目《なつめ》成美。跋文《ばつぶん》は一茶が栗田《くりた》樗堂《ちょどう》へ宛《あ》てた手紙を紹介したもの。翌年には続編となる『一韓人』を刊行予定であったが実現しなかった。

おらが世《よ》やそこらの草《くさ》も餅《もち》になる（『七番日記《しちばんにっき》』文化十二年《ぶんかじゅうにねん》）

おらが世《よ》のめでたいことよ。そこらへんに生《は》えている草《くさ》も餅《もち》になる。

✽季語は「草餅《くさもち》」で春。当時は雛《ひな》祭りに食べた。

のちに『おらが春』と題するように、一茶は方言である〈おら〉という一人称をよく使った。「我が世」「我が春」というよりも、田舎らしさがあり、親しみやすい。一茶の性格にもぴったりだった。

また、〈そこらの草も餅になる〉も口語のくだけたいいかたである。『七番日記』のころには、こうした方言や口語表現をいよいよ自在に扱えるようになっている。

この句は「我が世の春」を踏まえている。たとえば、かつて栄華を誇った藤原道長《ふじわらのみちなが》が〈この世をばわが世とぞ思ふ望月の欠けたることもなしと思へば〉と詠んだように、すべては思いのままであるというのだ。

一茶もまた我が世の春を謳歌《おうか》している。ただし、それはあくまでも田舎暮らしに限った話であって、そこらへんに生えている草でもおいしい草餅が作れることを自慢しているのである。その言い回しがおおげさなぶん、自虐的な笑いの句になっている。

そのいっぽうで、一茶がそういった田舎暮らしを満喫している感じもよく伝わる。そこらへんの草でも草餅にするというのは、都会ではできないことである。

この句、『希杖本《きじょう》一茶句集』では前書きに、「月《つき》をめで花《はな》にかなしむは、雲《くも》の上人《うへびと》の事《こと》にして」とある。

月や花を愛《め》でるのは、風雅の究極であるが、そういったことは、あくまでも「雲《くも》の上人《うへびと》（宮中に仕える貴人）」のすることであって、一庶民の自分には関係のないことだといっている。

それでは一茶にとって、何が風雅かといえば、この句でいっているように、そこらへんで草をとってきて餅にするようなことこそが、一茶にとっての風雅だというのだ。

それが一茶の性に合っているし、一茶の生活に適《かな》っている。一茶の俳句のあるべき姿だということであろう。

花《はな》の月《つき》のとちんぷんかんのうき世《よ》哉《かな》　（『七番日記《しちばんにつき》』文化八年《ぶんかはちねん》）

それほどいい句というわけではないが、一茶の風雅に対する考え方が、まっすぐあらわれている句である。

世間では花だの月だのといって、わかったふりをして、ありがたがっている。これまでじぶんも、そういう浮世（憂世）をわたって生きてきたが、結局、じぶんには何が風雅か、さっぱりわからないことだといっている。

掲句とあわせてみると、一茶の考えがよくわかる。都会の人びとが月花を愛でるのに対して、田舎者のじぶんはそのへんの草をありがたいと思っているということだ。

こうした一茶のような価値観がうまれてくるのも、前提として江戸という大都市における大衆文化の爛熟《らんじゅく》がある。大衆がわかりもしないで花の月のと浮かれていることについて、おなじ大衆の一人という立場から違和感を覚えているのだ。もっと違うところに風雅を見出《みいだ》すべきだと一茶はいいたいのだろう。

長らく江戸に住んでいた一茶にとって、故郷での暮らしは再発見に満ちていた。そうした再発見をひとつひとつ句にしていくなかで、一茶はみずからの世界観をより独特なものとして深めていったのだ。掲句などまさしくそうした例である。

涼風《りやうふう》の曲《まが》りくねって来《き》たりけり　（『七番日記《しちばんにつき》』文化十二年《ぶんかじゆうにねん》）

リヨウ

涼《すず》しい風《かぜ》があちこち曲《ま》がりくねって、じぶんのもとへやって来《き》た。

✽季語は「涼風」で夏。

前書きに「裏店《うらだな》に住居《すまゐ》して」とあるとおり、江戸に住んでいたころを回想して詠んだ句。「句稿消息《くこうしようそく》」（稿本）の前書きでは「うら長屋《ながや》のつきあたりに住《すまひ》て」となっている。

当時の一茶の庵《いおり》は路地の奥にあったため、周囲は建てこんでいて、風の通りが悪かったのである。涼しい風も曲がりくねるようにして、やっと一茶のもとへ届いたのだ。ただし、この句においては、むしろ背景は蛇足でしかない。風が曲がりくねってやってくるということ自体に、はっとさせられるものがあるからだ。まるで意志を持った生きもののように、涼風がうねうねと曲がりながらやってくるのである。一句のいきいきとした躍動感を味わえば、それでじゅうぶんであろう。「涼風」を詠んだ句としては、ほかに、

涼風《りやうふう》や力一《ちからいつ》ぱいきり〳〵す《キリギリス》　（『七番日記《しちばんにっき》』文化《ぶんか》七年《しちねん》）

がある。これもきりぎりすの生命感があふれる佳句である。〈力一ぱい〉という口語が、一句をいっそう生きいきとさせている。

この年の八月、妻の菊の具合が悪くなり、芎黄散《きゆうおうさん》を服用させている。頭痛や鬱《うつ》に効く薬だが、それを飲んでも治らなかったようで、翌日、菊の実家まで連れて帰っている。

菊が妊娠しているのがわかったのは、おそらくこのときである。

以来、一茶は菊の安産祈願のため、お竹大日如来に何度もお参りしている。

たのもしやてんつるてんの初給《はつあはせアワセ》（『七番日記《しちばんにつき》』文化十三年《ぶんかじゆうさんねん》）

頼《たの》もしいことだ。丈《たけ》がてんつるてんの初袷《はつあわせ》だが。

✻季語は「初袷《はつあわせ》」で夏。

綿を抜いた裏地付きの夏仕様の着物が袷であるが、その年に最初に着ることを初袷という。

文化十三年（一八一六）四月十四日、菊は無事に男児を出産。千太郎《せんたろう》と名付けた。五十四歳にして、はじめて一茶は父となったのだ。

じつは千太郎が生まれたとき、一茶は長沼《ながぬま》（現・長野市穂保）にいたため、出産には立ち会っていない。例のごとく、弟子たちのもとを巡回していたのだ。

一茶が菊の実家で千太郎と対面したのは、誕生から二週間後、ようやく二十八日になってからのことである。一茶の喜びは、いかばかりであったろう。

掲句であるが、袷を千太郎のために用意していたのだが、いざ着せてみると丈が合わない。〈てんつるてん〉（つんつるてん）になってしまったのだ。思いのほか、千太郎が大きくなっていたのである。なんともほほえましい姿だが、一茶はそんな我が子の確かな成長ぶりを頼もしく感じているのだ。

はつ袷《あはせ》にくまれ盛《ざかり》にはやくなれ　（『七番日記《しちばんにっき》』文化十三年《ぶんかじゅうさんねん》）

おなじころの作。憎まれ口を叩《たた》くような年齢にまで早く育ってほしい。そんな父としての願いが、まっすぐ詠まれている。

江戸時代後期の農村では乳幼児の死亡率は二十パーセント前後といわれ、現代とくらべてはるかに高かった。

かつて子どものことを「七歳までは神のうち」といったが、これは七歳までは、いつ神のもとに召されるかわからないという意味である。当時、子どもはいつ亡くなってもおかしくなかったのである。

この句は諺《ことわざ》の「七つ八つは憎まれ盛り」を踏まえている。憎まれ盛りとは七、八歳のことを指したことがわかる。〈にくまれ盛にはやくなれ〉は、早く七、八歳になって、いちばん危険な時期を乗り越えてほしいということである。

とにかく早く大きくなって、安心させてほしい。〈にくまれ盛にはやくなれ〉には、一茶の親としての切実な思いがこめられている。

しかし、そうした一茶の願いも虚《むな》しく、五月十一日、千太郎は亡くなってしまう。この世に生まれてわずか一月《ひとつき》足らずの命であった。

ふしぎ也《なり》生《うまれ》た家《いへ》でけふ《キヨウ》の月《つき》（『七番日記《しちばんにつき》』文化十三年《ぶんかじゅうさんねん》）

不思議《ふしぎ》なことだ。生《う》まれた家《いえ》で今日《きょう》の名月《めいげつ》を眺《なが》めている。

✽季語は「今日の月」（名月）で秋。

千太郎の死は一茶の身にそうとう応《こた》えたようだ。瘧《おこり》（マラリア）に罹《かか》るなど、体調が思わしくない日が続いた。また、ちょっとしたことで、菊と喧嘩《けんか》するようになる。千太郎を失った心の痛手と体調不良から、一茶は不機嫌になっていたようである。

菊は旅暮らしの一茶に代わって田畑仕事をしたり、義母の世話をしたりするなど、家をよく守るしっかり者であったが、若さゆえか、いささか気が強いところがあった。そんな二人の仲を心配したのか、菊の兄がわざわざ一茶宅にやってきて一泊している。八月一日のことである。

ところが、翌日、菊の姿が見えなくなる。呼んでも返事がない。近所を捜してもいない。慌てた一茶は隣村の古間《ふるま》まで捜しに出るが、それでも見つからない。

家に帰ると、菊がいた。家の陰で洗濯していたのだという。一茶が怒ったであろうことは想像に難くない。

さらにその翌日のこと。一茶が庭に植えて大事に育てていた木瓜《ぼけ》があったのだが、菊が怒りにまかせて、それを引き抜いてしまった。夫婦喧嘩の腹いせである。

しかし、菊はすぐに後悔したらしく、植え直したところ、木瓜はまたもとのように根付いた。これを一茶はとても不思議なことに感じたようで、「此木再根《このきふたたびね》ツカバ不思《ふし》議《ぎ》タルベシ」と日記に記している。

その後、十五日には、菊と一緒に月見に出かけている。場所はわからない。夫婦仲を修復しようという一茶の気づかいだろう。

ただ、その留守中、何者かに大事な木瓜を盗まれてしまった。これも不思議といえば、不思議な出来事である。

掲句であるが、「漂泊四十年」の前書きがある。故郷を追われて四十年。さまざまなことがあったけれども、今日、こうして生家で名月を仰いでいることに、運命の不思議をしみじみと感じているのだ。

しなのぢやそばの白《しろ》さもぞつとする（『七番日記《しちばんにっき》』文化十四年《ぶんかじゅうよねん》）

どこまでも続《つづ》く信濃路《しなのじ》よ。蕎麦《そば》の花《はな》の白《しろ》さもぞっと感《かん》じられる。

✽季語は「蕎麦の花」で秋。

一茶は菊と月見をした翌九月、江戸へ旅立つ。いつもの上総下総もめぐり、文化十四年（一八一七）七月までの一年近い長旅になる。一茶が江戸や関東を訪れるのは、これが最後だった。

その間、文化十三年（一八一六）十一月十九日、夏目成美が亡くなる。六十八歳であった。

霜《しも》がれや米《こめ》くれろ迚《とて》鳴《なく》雀《すずめ》（『七番日記《しちばんにっき》』文化十三年《ぶんかじゅうさんねん》）

「霜枯れ」は霜にあたって草木が枯れること。米をくれといって鳴いている雀は一茶自身である。

俳句の批評のほか、一茶の生活の援助までしてくれた成美への感謝と悲しみの気持ちを自虐的な笑いで包んで一句にしている。亡くなった人へむかって、米をくれというのは、不謹慎なようでもあるが、「貧乏人の友」と一茶を冷やかしていた盟友成美に対する一茶なりの別れの挨拶《あいさつ》であろう。二人の間の絆《きずな》があってこそ成立するユーモアである。

一茶は旅中、皮癬《ひぜん》（疥癬《かいせん》。ダニによる皮膚病）を病んでいた。いよいよひどくなり、足の裏まで腫《は》れ、歩くこともできないほどになり、帰宅が延び延びになった。

文化十四年（一八一七）三月、一茶は江戸から菊に手紙を送っている。一部を紹介したい。

（前略）
長《なが》〳〵の留主《るす》、さぞ〳〵退屈《たいくつ》ならんと察《さつ》し候《さうら》へども、病《やまひ》ニハ勝《かた》れず候《さうらふ》。其方《そなた》ニハうす着《ぎ》ニなりて風《かぜ》（注・風邪）でも引《ひ》かぬやうニ心《こころ》がけ、何《なに》はたらかずともよろしく候間《さうらふあひだ》、十四日《じふよつか》・十七日《じふしちにち》の茶日《ちやび》ばかり忘《わす》れぬやうに頼《たの》み入《い》り候《さうらふ》。（中略）
自由自在《じいうじざい》に馳歩《はせある》かんと思《おも》ひけるに、ひぜんに引《ひ》きとどめられたる一茶《いつさ》が心《こころ》、御《ご》推《すい》察可被下《さつくださるべくさふらふ》候。（後略）

長々の留守、さぞさぞ退屈のことだろうと察しますが、病には勝てません。そなたは薄着になって風邪など引かないように気をつけ、働かなくてもいいので、八月十四日の祖母の命日と十七日の実母の命日だけは忘れないように頼みます。自由自在に馳せ歩こうと思っているのに、皮癬のために足留めされている一茶の心を推察してください。

以上が手紙の大意であるが、一茶がいかに菊のことを愛し、気遣っていたかがわかる内容である。

掲句であるが、長い旅から信濃へ戻ったあとの八月の作。信濃といえば、蕎麦《そば》の産地であるが、あたりいちめんに咲く蕎麦の花にぞっと寒気を感じている。『一茶句集』（文政版）では前書きに「老いの身は今から寒さも苦になりて」とある。

また、同時の作に、

はや山《やま》が白《しろ》く成《なる》ぞよそばでさへ　（『七番日記《しちばんにっき》』文化十四年《ぶんかじゅうよねん》）

とある。これらから察するに、一茶は蕎麦の花の白さから雪を思い起こしていることがわかる。〈ぞつとする〉とは、これからくる冬の寒さをおもってのことなのである。

また、それと同時に、先に成美を亡くし、みずからも老いによる衰えを強く感じていたころである。〈そばの白さもぞつとする〉は、一茶が感じていた人生の終末への恐れが象徴化されて一句となったものではないだろうか。

【参考】

『文政句帖』では〈山畠《やまはた》やそばの白《しろ》さもぞつとする〉となっている。

手《て》にとれば歩《ある》きたくなる扇哉《あふぎかな》（『七番日記《しちばんにっき》』文化十五年《ぶんかじゅうごねん》）

手《て》に取《と》れば歩《ある》きたくなる扇《おうぎ》であることよ。

✽季語は「扇《おうぎ》」で夏。

なんとも愉快な句である。まるで扇に不思議な力が宿っているかのようである。この句、一読して、一茶がうきうきしている感じが伝わるのではないだろうか。それもそのはず、菊が出産間近なのである。それで一茶はそわそわと浮き立っているのである。

二年前に千太郎を亡くしたあと、一茶と菊は、子どもを望んでいた。一茶は『七番日記』にその記録もこまめに記している（それをもって一茶のことを異常性欲者という心無い人たちもいる）。

当時はいま以上に家というものが大事であった。長男夫婦である一茶と菊には、家を存続させなくてはいけないという重圧があったはずだ。一茶が高齢であるので、なおさらである。

千太郎を亡くしてから、夫婦仲がこじれたこともあったが、これでまた、夫婦の絆《きずな》は強くなったことだろう。二人にとって念願の妊娠であった。

こうしたこともあって、この時期の一茶の句は明るくたのしい。

かつしかや川《かは》むかふから御慶《ぎよけい》いふ　（『七番日記《しちばんにつき》』文化十五年《ぶんかじゆうごねん》）

三日月《みかづき》の御《ご》きげんもよし梅《うめ》の花《はな》　（『七番日記』文化十五年）

どんど焼《やき》どんどと雪《ゆき》の降《ふ》りにけり　（『七番日記』文化十五年）

草《くさ》もちの草《くさ》より青《あを》しつや〳〵し　（『七番日記』文化十五年）

一句目、葛飾《かつしか》の正月風景。川のむこう岸から正月の挨拶《あいさつ》をいっている様子。ほほえましい。

二句目、春のおとずれを告げる梅の花が咲いている。夜空には三日月が機嫌よく輝いている。天地はめでたさに満ちている。

三句目、〈どんど焼〉は飾り終えた注連縄《しめなわ》や門松などを燃やす正月行事。小正月（七日）や旧正月（十五日）に行うところが多い。〈どんど〉と音を重ねて、一句に勢いをつけている。火が燃え盛る音であり、どか雪が降ってくる音である。

四句目、生えている草よりも、草餅《くさもち》のほうが青くてつやつやとしているというのだ。

美味《おい》しそうな草餅である。〈草より青し〉にちょっとした意外性があり、田舎暮らしも悪いものではないという言祝《ことほ》ぎがある。

これらの句には、老いによる衰えを嘆くような素振りもなく、一茶の向日性がよくあらわれている。

一茶はこの年、五十六歳であったが、未来はまだまだ希望に満ちあふれていた。

【参考】

文化十五年（一八一八）は四月二十二日に文政に改元。

『おらが春』の世界

目出度《めでた》さもちう位也《チユウくらゐなり》おらが春《はる》（『おらが春《はる》』文政二年《ぶんせいにねん》）

めでたさも、ほどほどくらいがあるがままでちょうどいい。おらの春《はる》よ。

✿季語は「春」（初春）で新年。

『おらが春』は文政二年の一年間の句文をまとめたもので、一茶《いっさ》の集大成的作品である。

『おらが春』から読み取れるのは、一茶の成熟した俳句観であり、死生観であり、宇宙観である。それらは一茶が逆境のなかからつかみ取ってきたものであるから、わたしたちが生きていくための智慧《ちえ》にもなる。

このときの一茶の最大の関心は、死というものと向き合いながら、この無常の世をどう生きるかということであった。

掲句は『おらが春』冒頭の一句である。この句の前文には次のような説話が記してある。

昔《むかし》、たんごの国《くに》普甲寺《ふかふじ》といふ所《ところ》に深《ふか》く浄土《じやうど》をねがふ上人《しやうにん》ありけり。としの始《はじめ》は世間祝《せけんいは》ひごとしてさゞめけば、我《われ》もせん迚《とて》、大卅日《おほみそか》の夜《よる》、ひとりつかふ小法師《こほふし》に手紙したゝめ渡《わた》して、翌《あす》の暁《あかつき》にしか〲せよと、きといひをしへて、本堂《ほんだう》へとまりにやりぬ。

小法師《こほふし》は元日《ぐわんじつ》の旦《あした》、いまだ隅《す》ミ〲は小闇《こくら》きに、初烏《はつがらす》の声《こゑ》とおなじく、がばと起《おき》て、教《をし》へのごとく表門《おもてもん》を丁々《ちやうちやう》と敲《たた》けば、内より「いづこより」と問《と》ふ時《とき》、「西《さい》方弥陀仏《はうみだぶつ》より年始《ねんし》の使僧《しそう》に候《さふらふ》」と答《こた》ふるよりはやく、上人裸足《しやうにんはだし》にておどり出《い》で、門《もん》の扉《とびら》を左右《さいう》へさつと開《ひらき》て、小法師《こほふし》を上坐《かみざ》に請《こふ》じて、きのふの手紙《てがみ》をとりてうや〲しくいただきて読《よみ》ていはく、「其世界《そのせかい》は衆苦充満《しゆくじゆうまん》に候《さふらふ》間《あひだ》、はやく吾国《わがくに》に来《き》たるべし。聖衆出《しやうじゆで》むかひしてまち入候《いりさふらふ》」と、よみ終《をは》りて、「おゝ〲」と泣《なか》れけるとかや。

（『おらが春』）

その昔、丹後国《たんごのくに》（現・京都府）の普甲寺《ふこうじ》に極楽浄土を願っている上人がいた。さる年の大晦日《みそか》の夜、年始には世間では祝いごとをして、にぎやかになるので、じぶんもなにかしようということで、上人はみずから認《した》ためた手紙を寺の小法師に渡して本堂へ泊まらせた。「元日の朝になったら、その手紙を持ってきて、斯《か》く斯く然々《しかじか》するように」と小坊主にいい含めておいた。

上人のいいつけどおり、元旦のまだ明けやらぬうち、小法師はがばと起き、手紙をもって、表門を敲《たた》いて上人を呼び出した。

「どなたか」と上人が訊《き》く。

「極楽浄土の阿弥陀仏《あみだぶつ》より年始の挨拶《あいさつ》に参った使いの僧でございます」と小坊主は答える。もちろんこれは上人にいい含められたとおりに芝居をしているのである。

小坊主がいい終わらないうちに、上人は裸足《はだし》で飛び出してきて、門をさっと開き、小坊主を上座へ招き入れる。そして小坊主から手紙をうやうやしく押し頂いて読み上げた。昨日じぶんで書いた手紙である。

「お主（上人）が住んでいる世界は衆苦充満（多くの苦しみで満ち溢《あふ》れていること）の状態ですから、はやく吾が国（極楽浄土）にいらっしゃるがいい。聖衆《しょうじゅ》（菩薩《ぼさつ》たち）がお主を出迎えるために待っております」と読み終わると、上人は「おお、おお」と声を上げて泣き出した。

みずから認めた手紙をみずから受けとって感涙にむせているような状態である。自作自演である。

衆苦充満の世にあって、このような演出でもしないことには、この上人には救いがないのである。

ここまでの話は『今昔物語集《こんじやくものがたりしゆう》』や『沙石集《しやせきしゆう》』にある説話によるものである。これに対する一茶の考えが以下に示されている。

此上人《このしやうにん》、みづから工《たく》み拵《こしら》へたる悲《かな》しみに、みづからなげきつゝ、初春《しよしゆん》の浄衣《じやうえ》を絞《しぼ》りて、したゝる泪《なみだ》を見《み》て祝《いは》ふとは、物《もの》に狂《くる》ふさまながら、俗人《ぞくじん》に対《たい》して無常《むじやう》を演《のぶ》ルを礼《れい》とすると聞《きく》からに、仏門《ぶつもん》においては、いはひの骨張《こつちやう》なるべけれ。

（『おらが春』）

この上人は、みずから拵えた自作自演の悲しみに、みずから嘆きながら、めでたい正月を祝っている。これは物に狂ったありさまであるが、僧というものは俗人（一般人）に対して無常を説くのが礼であると聞くので、仏門においては、祝いの骨頂（この上ないこと）なのであろうと一茶はいう。

上人みずから身を削るようにして狂態を演じることで、人びとに無常を教えようとしているので、この上なくめでたいことであるというのだ。もちろんこれは一茶の皮肉である。

一茶は続けていう。

それとはいさゝか替《かは》りて、おのれらは俗塵《ぞくぢん》に埋《うも》れて世渡《よわた》る境界《きやうがい》ながら、鶴亀《つるかめ》にたぐへての祝尽《いはひつく》しも、厄払《やくはら》ひの口上《こうじやう》めきてそら〳〵しく思《おも》ふからに、から風《かぜ》の吹《ふ》けばとぶ屑家《くづや》はくづ屋《や》のあるべきやうに、門松《かどまつ》立てず、煤《すす》はかず、雪《ゆき》の山路《やまぢ》の曲《まが》り形《な》りに、ことしの春《はる》もあなた任《まか》せになんむかへける。（『おらが春』）

この立派な上人とはいささか違って、俗塵《ぞくじん》に埋もれて生きているわれわれにとっては、鶴や亀になぞらえためでた尽くしをいうのも空々しく思える。空っ風が吹けば飛んでしまう屑家《くずや》は屑家のあるべきように、正月だからといって、門松も立てず、煤払いもせず、雪の山路が曲がりくねるに任せて、今年の春も「あなた任せ」に迎えよう。「あなた任せ」とは、「他力」のこと。極楽往生をするにあたって、あれこれ手を尽くすのではなく、阿弥陀仏の本願を信じて、「あるがまま」でいること。

ここでも一茶は「あるがまま（自然法爾《じねんほうに》）」をいっている。飾り立てるようなことをしても意味のないことだというのだ。（「あるがまま」ということについては、〈名月の御覧《ごらん》の通《とほ》り屑家《くづや》哉《かな》〉を参照していただきたい。）

『おらが春』では、この一連の文に続けて掲句が登場する。最上のめでたさでなくてもいいというのだ。

わざわざ演出して工《たく》み拵えためでたさでなくていい。祝いの骨頂でなくていい。聖人の説くような理想の正月でなくていい。そういったものはすべて空々しい。

人間もまた、吹けば飛ぶ屑家のような脆《もろ》い存在である。現世や来世に過度な期待などせず、ほどほどに生きていければいい。そのためには、あるがままでいるのがいい

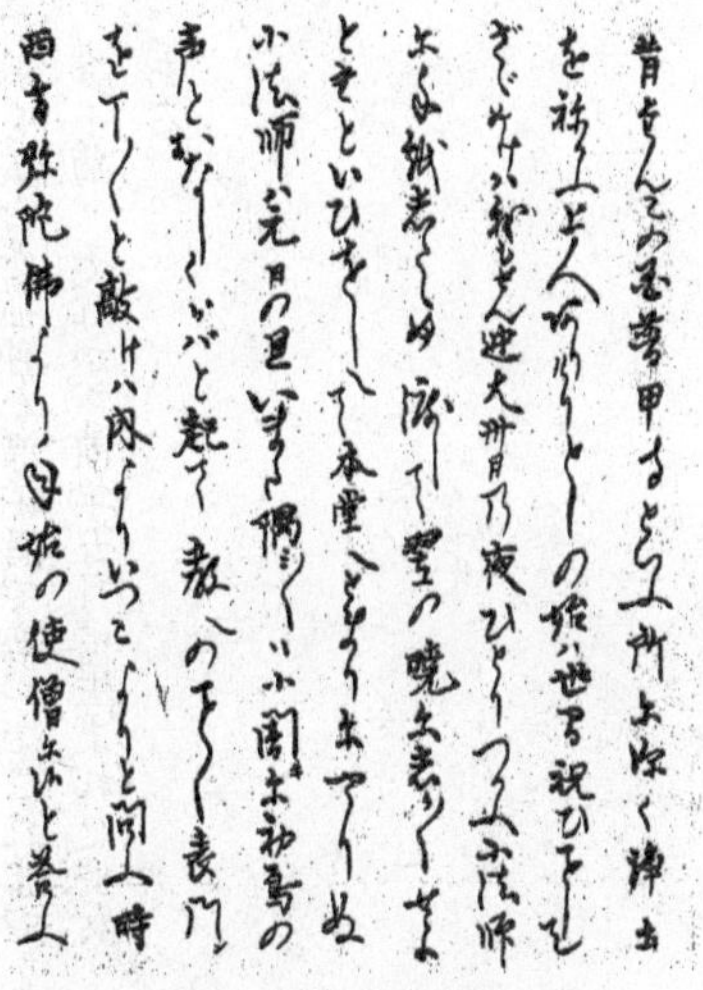

『おらが春』版本（国立国会図書館蔵）

といっている。〈ちう位〉というのは、文字どおり最上ではないけれども、最悪でもない、中位の意味。

衆苦充満の世にあって、どう生きるべきか。その答えのひとつが、この句のありかたである。

一茶は自身の〈ちう位〉のありように、じゅうぶん満足していた。家もある。家族もいる。

故郷を失った孤独な漂泊者であったこれまでを思えば、これ以上は望まない。

妻・菊《きく》、それから前年五月に生まれた長女・さととともに正月を迎えたときの感慨である。

這《は》へ笑《わら》へ二《ふた》つになるぞけさからは

（『七番日記《しちばんにつき》』『おらが春《はる》』文政元年《ぶんせいがんねん》）

這《は》え、笑《わら》え、二歳《にさい》になるぞ、今朝《けさ》の春《はる》からは。

✽季語は「今朝《けさ》の春《はる》」（初春）で新年。

先の句と話が前後する。

文政元年（一八一八）五月、長女さとが誕生する。女の子ということもあってか、一茶の可愛がりようは格別であった。

「こぞの五月生れたる娘に一人前の雑煮膳《ざふにぜん》を居《す》へ（ゑ）て」の前書き。むろん、数えで二歳になったばかりのさとが雑煮膳を食べられるわけはないが、めでたいものであるから、形として用意するのである。

門松を立てない一茶であるが、娘のためなら雑煮を用意する。矛盾といえなくもないが、それだけ娘を思っているのであり、日常いつも側にいる家族を大事にすることこそ、一茶にとっての「あるがまま」だったのであろう。

先の〈目出度《めでた》さもちう位也《くらゐなり》おらが春《はる》〉の句も、さとの存在無くしては生まれなかっただろう。こうした家族との日々こそ一茶にとってかけがえのないものだったのだ。

蚤《のみ》の迹《あと》かぞへながらに添乳《そへぢ》哉《かな》　『七番日記《しちばんにつき》』『おらが春《はる》』文政元年《ぶんせいがんねん》

季語は「蚤《のみ》」で夏。

蚤に喰《く》われた跡を数えながら寄り添って授乳をしている様子である。『おらが春』では、この句に長い前文がある。さとのことを紹介したものであるが、一茶の子煩悩《ぼんのう》ぶりがうかがえる。

こぞの夏《なつ》、竹植《たけう》る日《ひ》のころ、うき節茂《ふししげ》きうき世《よ》に生《うま》れたる娘《むすめ》、おろかにしてものにさとかれ迚《とて》、名《な》をさと、よぶ。ことし誕生日祝《たんじやうびいは》ふころほひより、てうち〳〵あは、、天窓《おつむ》てん〳〵、かぶり〳〵ふりながら、おなじ子《こ》どもの風車《かざぐるま》といふものをもてるを、しきりにほしがりてむづかれば、とみにとらせけるを、やがてむしや〳〵しやぶつて捨《す》て、露程《つゆほど》の執念《しふねん》なく直《ただち》に外《ほか》の物《もの》に心《こころ》うつりて、そこらにある茶碗《ちやわん》を打破《うちやぶ》りつ、、それもたゞちに倦《うみ》て、障子《しやうじ》のうす紙《がみ》をめり〳〵むしるに、「よくした〳〵」とほむれば誠《まこと》と思《おも》ひ、きやら〳〵と笑《わら》ひて、ひたむしりにむしりぬ。
心《こころ》のうち一点《いってん》の塵《ちり》もなく、名月《めいげつ》のきら〳〵しく清《きよ》く見《み》ゆれば、迹《あと》なき俳優《わざをぎ》見《み》るやうに、なか〳〵心《こころ》の皺《しわ》を伸《のば》しぬ。

（中略）

かく日すがら、をじかの角《つの》のつかの間《ま》も、手足《てあし》をうごかさずといふ事《こと》なくて、遊《あそ》びつかれる物《もの》から、朝《あさ》は日《ひ》のたける迄眠《までねむ》る。其《その》うちばかり母《はは》は正月《しやうぐわつ》と思《おも》ひ、飯焚《めしたき》、そこら掃《はき》かたづけて、団扇《うちは》ひら〳〵汗《あせ》をさまして、閨《ねや》に泣声《なきごゑ》のするを目《め》の覚《さめ》る相《あひ》図《づ》とさだめ、手《て》かしこく抱《だ》き起《おこ》して、うらの畠《はたけ》に尿《しと》やりて、乳房《ちぶさ》あてがえば、すは〳〵吸《す》ひながら、むな板《いた》のあたりを打《うち》たゝきて、にこ〳〵笑《わら》ひ顔《がほ》を作《つく》るに、母《はは》は長々胎内《ながながたいない》のくるしびも、日々《ひび》襁褓《むつき》の穢《きたな》さしきも、ほと〳〵忘《わす》れて、衣《きぬ》のうらの玉《ぎよく》を得《え》たるやうに、なでさすりて、一入《ひとしほ》よろこぶありさまなりけらし。

（『おらが春』）

去年の夏、竹を植える習いの五月十三日頃、つらくかなしいことばかりのこの憂き世に娘が生まれた。生まれつきは愚かであっても聡《さと》くあって欲しいという思いから、

「さと」と名付けた。

今年、誕生日を祝うころ、おなじ年頃の子どもが風車を持っているのを、さとがしきりに欲しがってむずかるので、手に取らせたところ、むしゃむしゃしゃぶって捨ててしまった。風車にはまったく執念がなくなったらしく、すぐに他のものに興味が移って、そこらにある茶碗を打ち破りはじめたが、それにもすぐに倦《あき》て、障子の薄紙をめりめり毟《むし》りだした。それを一茶が「よくした、よくした」と褒めると、本当に褒められたと思い、きゃらきゃらと笑って、ひた毟りに毟る。

さとの心のうちには一点の塵もなく、名月のようにきらきらと清らかで、後に続く者のない俳優の演技を見るようで、ほんとうに心がせいせいする。

(中略)

このようにさとは一日中、手足をうごかさないということがなくて、遊び疲れるせいで、朝は日が闌《た》けるまで眠る。そのときだけが母の菊にとって手が空《あ》くときで、その間に飯を炊き、そこらを掃きかたづけて、団扇《うちわ》をあおいで汗をさます。閨でさとが泣く声がするのを目覚めの相図とさだめ、手早くさとを抱き起して、うらの畠で尿をさせて、乳房をあてがえば、すわすわ吸いながら、むな板のあたりを手でたたいて、笑い顔を作るので、菊は長い妊娠中の苦しみも、日々のお襁褓《むつ》の世話が汚いのもまったく忘れて、この上ない宝物を得たように、さとを撫《な》でさすって、とりわけ喜んでいる様子であった。

以上が意訳であるが、なんと幸せな光景であろう。妻とともに娘を可愛がる。世間からみればなんでもない、〈ちう位〉のごく普通の幸せであろうが、一茶にはそれでじゅうぶんだった。掲句にせよ、添乳の句にせよ、文章にせよ、このときの一茶の視線は穏やかで優しさが溢《あふ》れており、さとの姿はとても生きいきと描かれている。

けふ《キヨウ》の日《ひ》も棒《ぼう》ふり虫《むし》よ翌《あす》も又《また》（『おらが春《はる》』文政二年《ぶんせいにねん》）

今日《きょう》という日《ひ》も棒振《ぼうふ》り虫《むし》のように棒《ぼう》に振《ふ》ってしまったことよ。明日《あす》もまたきっと同《おな》じように過《す》ごすことだ。

✽季語は「孑孑《ぼうふら》」で夏。孑孑は蚊の幼虫。その姿から「棒振り虫」ともいい、ここでは「人生を棒に振る」の意味と掛けてある。前書きに「日々懈怠不惜寸陰」とある。訓読すると「日々懈怠《けだい》ニシテ寸陰ヲ惜シマズ」となり、日々怠けていて、わずかな時間を惜しまないという意。日々、無為に過ごしていることを詠んだのだ。

道徳的にいえば「寸暇を惜しむ」、「寸陰を惜しむ」というべきところであり、平凡な俳人であれば、恰好《かっこう》をつけて、そう詠んでしまうのであるが、一茶にそんな気はまったくない。自虐的な笑いに包みながら、「あるがまま」にじぶんをさらけ出している。

じっさい、信濃《しなの》での一茶の生活は、家事や田畑のこと、子育ては菊に任せて、じぶんは信濃の弟子たちのもとをゆったりと巡る俳句漬けの日々であった。そんなじぶんを省みての正直な感慨であろう。

さきほどの〈蚤《のみ》の迹《あと》かぞへながらに添乳《そへぢ》哉《かな》〉の前文で省いた箇所に掲句と関わりがありそうな箇所があるので紹介する。


此《この》おさな、仏《ほとけ》の守《も》りし給《たま》ひけん、逮夜《たいや》の夕暮《ゆふぐれ》に、持仏堂《ぢぶつだう》に蠟燭《らふそく》てらして輪打《りんうち》ならせば、どこに居《ゐ》てもいそがはしく這《はひ》よりて、さわらびのちいさき手《て》を合《あは》せて、なんむ〳〵と唱《とな》ふ声《こゑ》、しほらしく、ゆかしく、なつかしく、殊勝也《しゆしようなり》。

それにつけても、おのれ、かしらにはいくらの霜《しも》をいたゞき、額《ひたひ》にはしは〳〵波《なみ》の寄《よ》せ来《きた》る齢《よはひ》にて、弥陀《みだ》たのむすべもしらで、うか〳〵月日《つきひ》を費《つひ》やすこそ、二《ふた》つ子《ご》の手前《てまへ》もはづかしけれと思《おも》ふも、其坐《そのざ》を退《の》けば、はや地獄《ぢごく》の種《たね》を蒔《まき》て、膝《ひざ》にむらがる蠅《はへ》をにくみ、膳《ぜん》を巡《めぐ》る蚊《か》をそしりつゝ、剰《あまつさへ》、仏《ほとけ》のいましめし酒《さけ》を呑《の》む。

（『おらが春』）


さとは仏が守っていらっしゃるのであろう。逮夜（忌日の前夜のこと）の夕暮れに仏間に蠟燭《ろうそく》を照らし、輪を打ち鳴らせば、どこにいても必ず忙《せわ》しげに這《は》い寄ってきて、その小さな手を合わせて、「なんむ（南無）、なんむ」と唱える。その声のなんと殊勝であることであろう。

それにつけても、じぶんはあたまは白髪で額は皺《しわ》しわであるような齢《よわい》なのに、阿弥《あみ》陀仏《だぶつ》に救いを求める術《すべ》も知らず、うかうかと月日を費やすことこそ、二歳の子どもの前で恥ずかしいと思うのだが、その場を離れると、すぐ地獄に落ちる原因を作ってしまい、膝《ひざ》に群がる蠅《はえ》を憎み、膳をめぐる蚊をそしりながら、さらには仏の戒める酒を呑む始末である。

二歳のさとが仏の心を知っているのに、一茶はじぶんはうかうかと月日を費やしているという。まさしく棒ふり虫である。

また、『おらが春』の原稿の上欄には朱子《しゆし》の「勧学文《かんがくぶん》」を記している。

謂《い》ふなかれ、今日《けふ》学《まな》ばずとも来日《らいじつ》有《あ》りと。
謂《い》ふなかれ、今年《けふ》学《まな》ばずとも、来年《らいねん》有《あ》りと。
日月《じつげつ》逝《ゆ》きぬ。歳《とし》我《われ》を延《の》べず。
嗚呼《ああ》老《お》いたり。是《これ》誰《た》が愆《あやまち》ぞ。

いってはならない、「今日、学ばなくても明日がある」と。
いってはならない、「今年、学ばなくても来年がある」と。
月日は過ぎて、歳月は私を延ばしてはくれない。
ああ、虚《むな》しく老いてしまった。これはいったい誰のあやまちであろう。

（『おらが春』）

日々学問することの大切さを説く有名な漢詩である。一茶は五十七歳になっていたが、学問に対する後悔があったのであろう。若いうちからもっと学問をしておけばよかったという思いである。それは多かれ少なかれ、だれしも思うことである。

しかし、一茶がただの怠け者でないのは、二歳の娘からも学んでいることである。娘の姿を見て反省しているのだ。

【参考】
〈けふの日《ひ》も棒《ぼう》ふり虫《むし》と暮《くれ》にけり〉『八番日記』文政二年の形もある。

蟻《あり》の道《みち》雲《くも》の峰《みね》よりつづきけむ　（『おらが春《はる》』文政二年《ぶんせいにねん》）

蟻《あり》の道《みち》は雲《くも》の峰《みね》から続《つづ》いていたのだろうか。

✽季語は「雲の峰」で夏。「蟻」も近現代では夏の季語。壮大な句である。小さな命が懸命に列をなし、せっせと歩んでいくさまをこのように大胆にとらえた。

この句をはじめとして、『おらが春』には秀句が並ぶ。

かすむ日《ひ》やしんかんとして大座敷《おほざしき》　（『おらが春《はる》』『八番日記《はちばんにつき》』文政二年《ぶんせいにねん》）
大蛍《おほぼたる》ゆらり〳〵と通《とほ》りけり　（『おらが春』『八番日記』文政二年）
おのが里《さと》仕《し》廻《まふ》てどこへ田《た》植《うゑ》笠《がさ》　（『おらが春』『八番日記』文政二年）
麦《むぎ》秋《あき》や子《こ》を負《お》ひながらいわし売《うり》　（『おらが春』文政二年）

一句目、霞《かす》んで幻のような静けさを湛《たた》えた大座敷。そこには誰もいない。季語は「霞《かすみ》」で春。

二句目、儚《はかな》い命の蛍であるが、一茶はその悠然とした様子を詠んでおり、はっとさせられる。かえって蛍のせつなさが増す。季語は「蛍」で夏。

ちなみに以上の二句は、明治時代になって正岡子規《まさおかしき》が、一茶の「真面目なる句」として評価している。

三句目、じぶんの里の田植を終えて、さらにどこかへ田植に行こうとしている人の様子。季語は「田植」で夏。

四句目、前書き「越後《あちご》女旅かけて商ひする哀さを」とある。越後（現・新潟県）からやってきた女性の行商人である。しかも子どもをおんぶしながらである。季語は「鰯《いわし》」で秋。海のない信濃まで鰯を売りにやってきたのだ。

以上の二句、いずれもさすらいゆく人びとの姿をよくとらえた句であるが、こういった句が生まれたのは、一茶自身が旅の境涯にあったことが大きいだろう。かれらの苦労を一茶もよくわかっていた。

このほか、すでにふれた〈雀《すずめ》の子《こ》そこのけ――御馬《おうま》が通《とほ》る〉〈我《われ》と来《き》て遊《あそ》べや親《おや》のない雀《すずめ》〉〈名月《めいげつ》をとつてくれろと泣子《なくこ》哉《かな》〉のほか、〈いうぜんとして山《やま》をみる蛙《かはづ》哉《かな》〉といった句も再録されており、一茶の円熟の作にいちどにふれることができる。

露《つゆ》の世《よ》ハ露《つゆ》の世《よ》ながらさりながら　（『おらが春《はる》』文政二年《ぶんせいにねん》）

人《ひと》の世《よ》は露《つゆ》のように儚《はかな》いものであるとは重々承知《じゅうじゅうしょうち》しているが、そうであるとはいえ、つらいことである。

✻季語は「露」で秋。たちまちに消えてしまうことから、命が儚いことにたとえられる。

さとの死は突然であった。疱瘡《ほうそう》（天然痘《てんねんとう》）に罹《かか》ってしまったのだ。江戸時代では乳幼児の死亡率が高かったことはすでに述べたが、その原因のひとつが疱瘡であった。日本で疱瘡予防の種痘が広まるのは、一茶の時代からもう少し後の幕末のことである。掲句の前文では、その経緯とともに一茶の父としての悲痛な思いが記されている。

楽《たの》しみ極《きはま》りて愁《うれ》ひ起《おこ》るは、うき世《よ》のならひなれど、いまだたのしびも半《なか》ばならざる千代《ちよ》の小松《こまつ》の二葉《ふたば》ばかりの笑《わら》ひ盛《さか》りなる緑《みど》り子《ご》を寝耳《ねみみ》に水のおし来《きた》るごとき、あら〱しき痘《いも》の神《かみ》に見込《みこま》れつゝ、今《いま》、水膿《すいのう》のさなかなれば、やをら咲《さ》ける初花《はつはな》の泥雨《でいう》にしほれたるに等《ひと》しく、側《そば》に見《み》る目《め》さへ、くるしげにぞありける。是《これ》も二三日経《にさんにちへ》たれば、痘《いも》はかせぐちにて、雪解《ゆきげ》の峡土《かひつち》のほろ〳〵落《おつ》るやうに、瘡蓋《かさぶた》といふもの取《と》れば、祝《いは》ひはやして、さん俵法師《だはらほふし》といふを作《つく》りて、笹湯《ささゆ》浴《あび》せる真似《まね》かたして、神《かみ》は送《おく》り出《だ》したれど、益《ます》〳〵よはりて、きのふよりけふは頼《たの》みすくなく、終《つひ》に六月廿一日《ろくぐわつにじふいちにち》の蕣《あさがほ》の花《はな》と共《とも》に、此世《このよ》をしぼみぬ。母《はは》は死皃《しにがほ》にすがりて、よゝ〳〵と泣《なく》もむべなるかな。この期《ご》に及《およ》んでは、行水《ゆくみづ》のふたゝび帰《かへ》らず、散花《ちるはな》の梢《こずゑ》にもどらぬくひごとなど、あきらめ皃《がほ》しても、思《おも》ひ切《きり》がたきは恩愛《おんあい》のきづな也《なり》けり。　（『おらが春』）

楽しみが極まったときには、愁いごとが起こるのが世の習いであるが、笑い盛りの嬰児《みどりご》（さと）がまったく思いもかけず、疱瘡に罹ってしまい、水ぶくれを起こし、膿《うみ》が溜《た》まっていて、側で見るにも苦しげである。

これも二三日したところで、水疱が瘡蓋になってほろほろ落ちたので、治るものと思い、祝い囃《はや》して、さん俵法師（さん俵は藁《わら》で作られた米俵の端にあてる蓋《ふた》。これを病人の頭に当てた。北信濃で行われていた痘の神退散のまじない）を作って、笹湯（酒を混ぜた湯。酒湯とも。疱瘡が治った子どもに浴びさせた）を浴びせる真似をしてみたが、さとは益々衰弱し、ついに六月二十一日の蕣《あさがお》の花とともに、この世を凋《しぼ》んでしまった。

母（菊）は死に顔にすがってよよ、よよと泣くが、もっともなことである。この期に及んでは、行く水が再び帰らない、散花は梢《こずえ》にもどらないなどと諦《あきら》め顔をしてみても、さとへの思いを断ち切り難いのは親子の恩愛の絆《きずな》ゆえである。

以上が大意である。

「この期に及んでは、行水のふたゝび帰らず、散花の梢にもどらぬくひごとなど、あきらめ皃《がほ》しても、思ひ切がたきは恩愛のきづな也けり」という最後の一文が掲句を解説してくれている。

さとが亡くなった日について、『八番日記』では「サト女、此世《このよ》ニ居事四百日。一《いっ》茶《さ》見親百七十五日。命ナル哉《かな》。今巳《み》ノ刻（午前十時前後）没。未《ひつじ》ノ刻（午後二時前後）葬ル。夕方。斎フルマヒ」と記している。その日のうちに慌ただしく弔いを済ませた様子がわかる。

秋《あき》風《かぜ》やむしりたがりし赤《あか》い花《はな》　（『おらが春《はる》』文政二年《ぶんせいにねん》）

さとの亡き後に詠んだ句。季語は「秋風」で秋。生前、さとが毟《むし》りたがっていた赤い花。花は咲いているのに、さとはいない。あたりには蕭条《しょうじょう》と秋の風が吹くばかりである。

はじめ『おらが春』は、さとが死ぬ以前から構想されていた。そこへさとの急死があり、あらためて主題のひとつとして加えることにし、改編されたようである。もともと無常の世をどう生き抜いていくかということが、『おらが春』という作品の根幹であったため、さとの死はそれをいっそう強めることになった。

『おらが春』には、ほかに柏原明専寺《かしわばらみようせんじ》の幼い小法師・鷹丸が事故で溺《おぼ》れ死んでしまう話があり、その親である住職夫妻が人目もはばからず大声で泣き叫ぶ様子が描かれている。日頃無常を説く僧であっても、不幸が我が身のこととなってしまえば、耐えられないものであることを記している。

さとが死んで菊が泣き崩れたときも一茶は責めていない。「むべなるかな（もっともなことだ）」といっている。

つらく悲しいときに大いに嘆くことは、あるがまま（自然法爾《じねんほうに》）なことであり、人間のあるべきすがたである。悟りきった顔をする必要などない。そのように一茶は考えていた。

「この世は、しょせん露の世だ」などと悟りきった顔をして、悲しみに折り合いをつけながら生きていくようなことは、一茶にはできなかったし、する気もなかった。それがなんの救いにも慰めにもならないことを一茶は知っていたのだ。

ともかくもあなた任《まか》せのとしの暮《くれ》（『おらが春《はる》』文政二年《ぶんせいにねん》）

人生《じんせい》、つらいことばかりであるが、ともかく一切《いっさい》を阿弥陀仏《あみだぶつ》にお任《まか》せして年《とし》の暮《く》れを迎《むか》えよう。

✽季語は「年《とし》の暮《くれ》」で冬。

『おらが春』を締めくくる一句。冒頭の〈目出度《めでた》さもちう位也《くらゐなり》おらが春《はる》〉と対照となるように構成されている。年末の句であり、ちょうど文政二年の年明けから一年の終わりまでを描いたことになる。

前文を紹介しよう。

他力信心《たりきしんじん》〳〵と、一向《いっかう》に他力《たりき》にちからを入《いれ》て、頼《たの》み込《こ》み候《さふらふ》輩《やから》は、つひに他力《たりき》縄《なは》に縛《しばら》れて、自力地獄《じりきぢごく》の炎《ほのほ》の中《なか》へ、ぼたんとおち入候《いりさふらふ》。其次《そのつぎ》に、かゝるきたなき土凡夫《どぼんぶ》を、うつくしき黄金《こがね》の膚《はだ》になしてくだされと、阿弥陀仏《あみだぶつ》におし誂《あつら》へに、誂《あつらへ》ばなしにしておいて、はや五体《ごたい》は仏染《ほとけじ》み成《な》りたるやうに悪《わ》るすましなるも、自力《じりき》の張本人《ちやうほんにん》たるべく候《さふらふ》。

問《とひ》ていはく、いか様《やう》に心得《こころえ》たらんには、御流義《ごりうぎ》に叶《かな》ひ侍《はべ》りなん。答《こたへ》ていはく、別《べつ》に小《こ》むづかしき子細《しさい》は不ㇾ存候《ぞんぜずさふらふ》。たゞ自力《じりき》他力《たりき》、何《なん》のかのいふ芥《あくた》もくたを、さらりとちくらが沖《おき》へ流《なが》して、さて後生《ごしやう》の一大事《いちだいじ》は、其身《そのみ》を如来《によらい》の御前《おまへ》に投出《なげだ》して、地獄《ぢごく》なりとも極楽《ごくらく》なりとも、あなた様《さま》の御《お》はからひ次第《しだい》、あそばされくださりませと、御頼《おたの》み申《まうす》ばかり也《なり》。

如斯《かくのごとく》決定《けつぢやう》しての上《うへ》には、なむあみだ仏《ぶつ》といふ口《くち》の下《した》より、欲《よく》の網《あみ》をはるの野《の》に、手長蜘《てながくも》の行《おこな》ひして、人《ひと》の目《め》を霞《かす》め、世渡《よわた》る雁《かり》のかりそめにも、我田《わがた》へ水《みづ》を引《ひ》く盗《ぬす》み心《ごころ》を、ゆめ〳〵持《もつ》べからず。しかる時《とき》は、あながち作《つく》り声《こゑ》して念仏申《ねんぶつまうす》に不《およ》ㇾ及《ばず》、ねがはずとも仏《ほとけ》は守《まも》り給《たま》ふべし。是則《これすなはち》、当流《たうりう》の安心《あんじん》とは申《まうす》也《なり》。穴《あな》かしこ。


（『おらが春』）


他力信心、他力信心とばかりいって力を入れていると、他力の縄《なわ》に縛られてしまい、結局、自力地獄の炎の中へ落ちてしまう。

また、私のような汚い土凡夫（仏の真理を悟りえず煩悩《ぼんのう》にとらわれている人）を阿弥陀様のようにうつくしい黄金の肌にしてくださいと、一方的にお願いすることで、仏らしくなったような気になって、むやみに悟りきってしまった態度になるのは、まさしく自力そのものの姿である。

迷える者が問う。

「それでは、どのように心得ていれば、仏の御流儀に叶うのでしょうか」

僧が答えていう。

「別に小難しいことはありません。ただ自力にも他力にもとらわれず、なにもかもすべて、さらりと遠い沖まで流してしまえばいいのです。来世にどうなるかという一大事は、その身を阿弥陀様の前に投げ出して、地獄なりとも極楽なりとも、阿弥陀様のおはからいにお任せしますとお頼みするだけのことです。そのように心に決めた以上は、欲張って生きてはいけません。それができれば、念仏を唱えたりする必要もありません。願わなくとも仏はあなたを守ってくださるでしょう。これこそ浄土真宗《じょうどしんしゅう》における安心の境地なのです」

ここでは「自力」と「他力」ということが問題になるだろう。当時の人びとの人生における最大の問題は、死んだらどうなるのかということである。

飛鳥《あすか》時代に浄土信仰が日本に伝来して以降、人びとは善行を積めば、仏たちのいる極楽浄土へ行けるが、そうでなければ、地獄へ落とされてしまうという考えを信じてきた。

浄土信仰は死んだ後、どうなってしまうのかという不安を解消するのに役立ったが、いっぽうで地獄へ落ちるという新たな不安を生んだ。

極楽へ行くには現世での行いが大事になる。そのため、人びとは善行を積むべく、あるときは写経をしたり、供養をしたり、さまざまな努力をするようになった。人によってはお寺に多額なお布施をしたりもした。あるいは酒色を断つなど厳しく自身を戒め、悟りを得ようとする者もいた。ひらたくいえば、こういったことが「自力」のありかたということになる。

そうしたことに疑問をもったのが、浄土真宗の開祖・親鸞《しんらん》であった。「自力」に対して、「南無阿弥陀仏《なむあみだぶつ》」と念仏を唱えさえすれば、だれでも極楽浄土へいけると説いたのだ。

ひいては往生をするにあたって、あれこれ手を尽くすのではなく、ただ阿弥陀仏の本願を信じて、あるがままでいようという「自然法爾《じねんほうに》」の考え方に発展していく。これが「他力」のありかたである。一茶がこのありかたに強く影響を受けているのは、ここまでみてきたとおりである。

ただ、ここで一茶は「他力」ばかりいって、「他力」に依存してしまっても、結局は「自力」に陥ってしまうということをいっている。

それではどうすればいいか。「自力」も「他力」も捨て去って、来世にどうなるかなど考えず、すべては阿弥陀仏の判断に委《ゆだ》ねる。そしてよけいな欲を出さずに生きていれば、念仏すらも必要ないというのである。

『おらが春』原本の掲句の上欄には、「親鸞上人《しんらんしやうにん》／隔ヌル地獄極楽《ぢごくごくらく》ヨクキケバ只一念《ただいちねん》のシハザ也《なり》ケリ」と記してある。死後の世界を地獄と極楽に隔ててあるが、よくよく聞いてみれば、ただのちょっとした思い込みの仕業であったという意。あの世には「地獄」も「極楽」もない。誰もが極楽往生できるということをいっている。

この世を生きていくのは苦しい。愛《いと》しいさとも失ってしまった。しかしながら、ともかくも一切を阿弥陀仏にお任せして、あるがままに生きようというのだ。

晩年

もろ〳〵《モロ》の愚《ぐ》者《しゃ》も月《つき》さす十夜《じふや》《ジユウヤ》哉《かな》（『俳諧発句題叢《はいかいほっくだいそう》』文政三年《ぶんせいさんねん》）

悩《なや》めるさまざまな人《ひと》びとが集《あつ》まって、月《つき》の光《ひかり》のもと、等《ひと》しく十夜念仏《じゅうやねんぶつ》を唱《とな》えていることよ。

✽季語は「十夜」で冬。旧暦の十月五日から十日間おこなわれる念仏法要。十日十夜にわたって念仏を唱えることで、千年の善行を積むことができると信じられている。主に浄土宗《じょうどしゅう》の寺でおこなわれる。

愚者というと、いまでは、たんに馬鹿者といった意味であるが、ここでは悟りを開いてない人の意味。とはいえ、悟りを開くことなど、ふつう、できないのであるから、ほとんどの人間のことを指すことになる。

人生に悩みを抱えた多くの人びとが、極楽浄土を願って、十夜念仏を唱えに集まっているのだ。もちろん一茶《いっさ》も愚者の一人である。

初案は、

もろ〳〵の愚者《ぐしゃ》も月見《つきみ》る十夜《じふや》哉《かな》　（『文化句帖《ぶんかくちょう》』文化三年《ぶんかさんねん》）

であったが、〈月見る〉がいささかうるさい。

その十四年後、

もろ〳〵の愚者《ぐしゃ》も月夜《つきよ》の十夜《じふや》哉《かな》　（『文政句帖《ぶんせいくちょう》』文政三年《ぶんせいさんねん》）

と推敲《すいこう》している。前の句形に比べると、動詞がなくなったぶん、静かにはなったが、動きもなくなった。

そして最終的な句形が、掲句の形になる。〈月さす〉としたことで、初案の動的な力強さを残しつつ、静けさも湛《たた》えた一句になった。一茶は長い年月をかけて納得がいくまで推敲していた。

文政三年十月、次男石太郎《いしたろう》が生まれる。掲句が詠まれたのは、まさにその頃である。これまで子どもが生まれるたびに、大よろこびして、心が浮き立つような句を詠んでいた一茶であったが、今回は、浮かれたところがまったくない。二度にわたって、早々に子どもを失ったことが、深い心の傷となっていたのであろう。

岩《いはほ》にはとくなれさゞれ石太郎《いしたらう》（『八番日記《はちばんにっき》』文政三年《ぶんせいさんねん》）

木がらしを踏みはり留《とめ》よ石太郎（『八番日記』文政三年）

いずれも石太郎を詠んだ句。

一句目は無季。〈さざれ石〉と〈石太郎〉を掛けてある。〈わが君《きみ》は千代《ちよ》に八千代《やちよ》にさざれ石《いし》の巌《いはほ》となりて苔《こけ》のむすまで〉という『古今和歌集《こきんわかしゅう》』の詠み人知らずの和歌を踏まえて、石太郎には長く生きてほしいという願いを込めている。この和歌は、国歌「君が代」の元となった和歌である。

二句目は「凩《こがらし》」（木枯らし）で冬。吹きすさぶ寒風のなか、なんとか踏ん張って、この世に命を留めよといっている。

衆苦充満の世にあって、またひとつあたらしい命を授かった。「こんどこそは無事に育ってほしい」。ひとりの愚者として、また父として十夜念仏を唱える一茶の姿が月光のなかに浮かび上がってくる。

【参考】

掲句が入集している太笻《たきよう》編『俳諧発句題叢』は、文政三年（一八二〇）に刊行された俳書で、この時代を代表する類題句集（季語ごとに諸家の句をならべたもの）である。

　したがって掲句は、当時の人びとにも広く読まれた一句であり、一茶にとって自信作であったと思われる。今日ではあまり評価されていない句であるが、本来、一茶の代表句とすべき句の一つであろう。

づ《(ず)》ぶ濡《ぬ》れの大名《だいみやう》《ダイミヨウ》を見《み》る巨燵《こたつ》哉《かな》（『八番日記《はちばんにっき》』文政三年《ぶんせいさんねん》）

雨《あめ》でずぶ濡《ぬ》れになりながら通《とお》ってゆく大名行列《だいみようぎょうれつ》をみている炬燵《こたつ》のなかの暖《あたた》かさよ。

✽季語は「炬燵」で冬。

一茶の故郷柏原《かしわばら》は北国《ほっこく》街道の宿場町であった。もともとは何もなかったところに、延宝《えんぽう》元年（一六七三）ごろから、一茶の祖先たちによってあらたに切り開かれた新興の町である。街道の発達とともに町は大きくなっていった。

宿場町の発展を語る上でもっとも欠かせないのは、参勤交代である。江戸と領地を往来する大名一行を迎えることが、宿場町の大きな役割であった。

前にも述べたが、一茶の妻・菊《きく》は柏原の本陣（大名が宿泊する旅館）に奉公していたとされる。また、一茶の家は街道沿いにあるため、家の中から大名行列を眺めることができたようだ。一茶たちにとって、参勤交代の大名行列はたいへん馴染《なじ》みの深いものだった。

北国街道をゆく大名行列のなかでも、いちばんの目玉は加賀《かが》百万石の前田《まえだ》家のものである。その行列は二千人規模で、たいそう豪華なものであったといわれる。

梅《うめ》ばちの大《おほ》挑《でう》灯《ちん》やかすみから　（『七番日記《しちばんにっき》』文政元年《ぶんせいがんねん》）

季語は「霞《かすみ》」で春。「加賀守《かがのかみ》」の前書き。梅鉢《うめばち》は前田家の紋。霞の奥から前田家の行列が紋入りの大きな挑灯（提灯《ちょうちん》）を掲げてやってくる様子である。

ただ、一茶は大名行列が嫌いだったようである。

涼《すず》まんと出《いづ》れば下《した》に〳〵哉《かな》　（『七番日記《しちばんにっき》』文化十四年《ぶんかじゅうよねん》）

加《か》賀《が》どの、御《お》先《さき》をついと雉《きぎす》哉《かな》　（『七番日記《しちばんにっき》』文政元年《ぶんせいがんねん》）

一句目、季語は「涼み」で夏。涼みに外へ出ようとしたところ、運悪く大名行列に出くわしてしまい、「下に、下に」の掛け声がかかる。時代劇でよくあるように、大名行列が行き過ぎるまでひれ伏していなければならない。涼もうとしたのに、かえって暑苦しい思いをしなくてはならなくなってしまったのである。

二句目、季語は「雉」で春。加賀殿はいうまでもなく前田公のこと。加賀殿の大名行列の前を無礼にも雉《きじ》がついと出てきて呑気《のんき》に歩いている様子。権力者をあざ笑うかのような雉である。

これらと同様、掲句もやはり、大名行列を皮肉な目で眺めている。大名行列は冷たい冬の雨に打たれているのに、じぶんはぬくぬくと炬燵のなかからそれを眺めている。まるで身分が逆転してしまったかのようで痛快なのである。

あるがまま（自然法爾《じねんほうに》）を大事にする一茶にとって、権力を振りかざしながらやってくる大名行列は疎ましいものだったにちがいない。

【参考】

のちにおなじ発想の句で、

大名《だいみやう》を眺《ながめ》ながらに巨燵《こたつ》哉《かな》　（『だん袋《ぶくろ》』文政六年《ぶんせいろくねん》）

があるが、これは状況を説明している感じがある。逆に掲句は「づ（ず）ぶ濡れの大名」というのが、痛烈に効いていることがよくわかる。

ことしから丸儲《まるまうけ》ぞよ娑婆《しやば》遊《あそ》び（『八番日記《はちばんにつき》』文政四年《ぶんせいよねん》）

今年《ことし》からは丸儲《まるもう》けであるよ、生《い》き難《にく》いこの世《よ》を楽《たの》しむことだ。

✻季語は「今年」で新年。

今年からは丸儲けだといっているのだが、これはどういうことであろうか。この句は文政四年（一八二一）の歳旦吟《さいたんぎん》（新しい年を迎えたことを祝って元旦に詠む句のこと。）であるが、長い前書きがついている。

去十月十六日《さるじふぐわつじふろくにち》、中風《ちゆうぶう》に吹掛《ふき》（倒《たふ》）されて、有（直《すぐ》）に此（北《ほく》）邙《ばう》の夕《ゆふ》の忌《い》み〳〵しき虫《むし》となりしを、此正月一日《このしやうぐわつついたち》はつ鶏《とり》に引越《ひき》（起《おこ》）されて、とみに東山《ひがしやま》の旭《あさひ》のみがき出せる玉の春《はる》を迎ひるとは、我身《わがみ》を我《われ》めづらしく生《うま》れ代《かは》りて、ふたゝび此世《このよ》を歩《ある》く心《ここ》ちなん。

去年の十月十六日に中風《ちゆうぶう》（脳卒中）で倒れてしまい、生死の境をさまよっていたところ、この正月一日の初鶏の声に引き起こされて、玉のような春を迎えることができることは、思いもかけないことで、我が身があたらしく生まれ変わって、ふたたびこの世を歩く心地である。

おおよそ以上のようなことをいっている。

一茶は中風に罹《かか》ってしまった。十月十六日というと、ちょうど石太郎が生まれたばかりのことである。豊野《とよの》（現・長野市豊野町）の雪道を歩いていたところ転倒した。半身不随になり、口も曲がってしまった。すぐさま二十キロほどの道のりを自宅まで駕籠《かご》で帰り、薬代わりに大根おろしのしぼり汁を飲んで、ひとまず半身不随は治ったが、以前のようには足がうごかなくなってしまった。

一茶にしてみれば、一度、落としかけた命である。これからの残りの人生は、本来ならば無かったものであって、天からまるまる授かったもので、これは儲けものだといっているのだ。〈ことしから丸儲ぞよ〉というのは、そういう意味である。

〈娑婆遊び〉というのは一茶の造語とおもわれるが、これも悠々としたものである。もともと〈娑婆〉とは苦しみが多い現世という意味であった。転じて、俗世間を指すようになったが、いまではこちらのほうが一般的であろう。しかし一茶は前者の意味で使っている。

大病を患い、後遺症に苦しみながらも、生きているだけで丸儲けだと詠んで人生を肯定する。

五十九歳といえば、当時としては、かなりの高齢であるが、その俳句は、いよいよ軽やかにして強靭《きょうじん》な精神を示している。

陽炎《かげろふ》《カゲロウ》や目《め》につきまとふ《ウ》わらひ《イ》顔《がほ》《ガオ》（真蹟《しんせき》　文政四年《ぶんせいよねん》）

陽炎《かげろう》が立《た》ち上《のぼ》っている。いまも眼裏《まなうら》には息子《むすこ》の笑《わら》い顔《がお》がつきまとって離《はな》れない。

✽季語は「陽炎」で春。ゆらゆらと立ち上っては消えていくことから儚《はかな》いものにたとえられる。

一茶にまたも不幸が訪れる。〈ことしから丸儲《まるまうけ》ぞよ娑婆《しゃば》遊《あそ》び〉と前向きに詠んだ矢先の一月十一日、次男・石太郎が亡くなってしまった。

石のように固く、盤石に育ってほしいという思いから名付けた名前であったが、その思いは虚《むな》しくなってしまった。

石太郎の死は菊の不注意によるものだった。

一茶は常日頃、石太郎がもっと大きくなるまでは、おんぶをするなと菊にいっていたのだが、家事に忙しかったのであろう、十一日の早朝、菊がおんぶしている間に石太郎は命を落としてしまった。窒息死と思われる。

一茶はこのときのことを「石太郎を悼む」という句文に記しているが、掲句はそのなかの一句。前書きには「十七日墓詣」とある。

おなじときの作に、つぎの句がある。

最《も》う一度《いちど》せめて目《め》を明《あ》け雑煮膳《ざふにぜん》　（真蹟《しんせき》　文政四年《ぶんせいよねん》）

季語は「雑煮」で新年。もう一度だけ、せめて目を開けてくれ、せっかく雑煮の膳を用意しているのだからという意。一茶が悲嘆に暮れる様子が目に浮かんでくる。

また、のちにつぎのように詠んでいる。

赤《あか》い花《はな》こゝら〱とさぞかしな　（『八番日記《はちばんにっき》』文政四年《ぶんせいよねん》）

無季の句。もし石太郎が生きていれば、ほらここにも赤い花が咲いているよと一緒に遊ぶことができたのに、といっている。

この句、前書きもまた切ない。

九十六日《きふじふろくにち》のあひだ雪《ゆき》のしらじらしき寒《さむ》さに逢《あ》ひて、此世《このよ》の暖《あたたか》さをしらず仕廻《しま》ひしことのいたしく、せめて今《いま》ごろ迄《まで》も居《ゐ》たらんには　（真蹟《しんせき》）

石太郎は十月に生まれて、つぎの年の一月に亡くなっているが、その間は信濃《しなの》の寒い時期である。石太郎がこの世の暖かさを知ることもなく亡くなってしまったことを一茶は哀れんでいるのだ。

この年の四月には、これまで元気であった菊が痛風に罹《かか》り、体調を崩してしまう。菊にも石太郎の死がよほど応《こた》えていたのであろう。

鳴《な》く猫《ねこ》に赤《あか》ン目《め》をして手《て》まり哉《かな》　（『八番日記《はちばんにっき》』文政四年《ぶんせいよねん》）

鳴《な》いている猫《ねこ》にあかんべえをして手毬《てまり》をついていることよ。

✽季語は「手毬」で新年。女の子の正月の遊びであった。猫は女の子にかまってほしくて、鳴きながら擦り寄っていったのだが、手毬に夢中になっている女の子は、あかんべえをして相手にしない。ほほえましい句であるが、猫と女の子の思いのすれちがいが、読者をすこしばかり切なくさせる。

一茶は猫好きであった。

陽炎《かげろふ》にぐい〳〵猫《ねこ》の鼾《いびき》かな　（『七番日記《しちばんにっき》』文化十一年《ぶんかじゆういちねん》）
猫《ねこ》の子《こ》がちよいと押《おさ》へるおち葉《ば》哉《かな》　（『七番日記《しちばんにっき》』文化《ぶんか》十二年《じゆうにねん》）
うかれ猫《ねこ》奇《き》妙《めう》に焦《じれ》てもどりけり　（『文政版一茶句集《ぶんせいばんいっさくしゅう》』文化十三年《ぶんかじゆうさんねん》）
猫《ねこ》の子《こ》や秤《はかり》にかかりつつざれる　（『七番日記《しちばんにっき》』文化《ぶんか》十五年《じゆうごねん》）

一句目、「陽炎《かげろう》」で春。儚《はかな》い陽炎など気にもとめずに猫が鼾をかいて眠っている様子。〈ぐいぐい〉というオノマトペが絶妙である。

二句目、「落葉」で冬、「猫の子」は春の季重なり。うごくものに反応してしまう猫の様子をよくとらえてある。

三句目、「うかれ猫」（猫の恋）で春。我が家の猫がもどってきたのだが、もどかしげで、どこか様子が変である。恋猫のあわれでもあり、おかしくもある姿を詠んでいる。

四句目、猫の体重を量っているのだろう。あるいは、たまたまそこに秤があっただけかもしれない。乗ったままの状態で秤にじゃれている。

いずれの句も生きいきと猫をとらえている。こうした句を詠むことができたのは、一茶自身、猫を飼っていたことが大きいだろう。

一茶には猫を詠んだ句が三百句以上あり、これは当時の他の俳人の追随を許さない数である。

まん六《ろく》の春《はる》と成《な》りけり門《もん》の雪《ゆき》 （『文政句帖《ぶんせいくちょう》』文政五年《ぶんせいごねん》）

満六十歳《まんろくじゆつさい》の春《はる》となったことだ。めでたくも門《もん》には雪《ゆき》が残《のこ》っている。

✽季語は「春立《はるた》つ」で新年。

還暦をむかえたときの歳旦吟《さいたんぎん》である。十分なこと、完全なことを意味する真陸《まんろく》に、満六十歳を掛けて〈まん六〉と詠んだ。六十歳というまったき春を迎えることができたというのだ。

この句にも長い前書きが付いている。

御仏《みほとけ》ハ暁《あかつき》の星《ほし》の光《ひかり》に、四十九年《よんじふくねん》の非《ひ》をさとり給《たま》ふとかや。荒凡夫《あらぼんぷ》のおのれごとき、五十九年《ごじふくねん》が間《あひだ》、闇《くら》きよりくらきに迷《まよ》ひて、はるかに照《て》らす月影《つきかげ》さへたのむ程《ほど》のちからなく、たまたま非《ひ》を改《あ》らためんとすれば、暗々然《あんあんぜん》として盲《まう》の書《しょ》をよミ、蹇《あしなえ》の踊《おど》らんとするに等《ひと》しく、ます〳〵迷《まよ》ひにまよひを重《かさ》ねぬ。げに諺《ことわざ》にいふ通《とほ》り、愚《ぐ》につける薬《くすり》もあらざれば、なを行末《ゆくすゑ》も愚《ぐ》にして、愚《ぐ》のかはらぬ世《よ》をへるこ

とをねがふのミ　（『文政句帖』）

釈迦《しやか》は悟りを開いてから四十九年間、ずっと人びとに真理を説いてまわったが、結局、何も説き得なかったといって亡くなったという。ましてや、じぶんのような荒凡夫（がさつで煩悩《ぼんのう》にとらわれてしまっている者）は五十九年の間、暗闇のなかに生き迷うこと益々である。ことわざにもいうとおり、愚につける薬はないので、これからも愚に徹して生きていくというのが、おおよその意味である。

〈愚〉ということについては、すでに述べてきたとおりである。六十歳になっても一茶の姿勢は変わらない。

この年、一茶夫婦はまた子宝に恵まれる。三男・金三郎《こんざぶろう》である。

中風に罹《かか》ってからというもの、一茶は脚力の衰えを隠せず、信濃《しなの》の弟子たちのもとを巡るにも駕籠《かご》を使うことが多くなっていた。菊も痛風で臥《ふ》せることがしばしばであった。

そんななかにあって授かった新たな命であった。

行々子《ぎやうぎやうし》大河《たいが》はしんと流《なが》れけり（『文政句帖《ぶんせいくちよう》』文政五年《ぶんせいごねん》）

行々子《ぎようぎようし》が鳴《な》いている。大河《たいが》はしんと静《しず》かに流《なが》れている。

✽季語は「行々子」（葭切《よしきり》）で夏。行々子は水辺の蘆《よし》（葭）の生い茂るところに巣を作る。ギョシギョシとやかましく鳴くことから「行々子」といわれるようになった。

一茶が信濃に引っ込んでしまってからはや十年近くになるが、それにもかかわらず、俳壇での一茶の名声は落ちるどころか、いよいよ高まっていた。

前年に江戸《えど》浅草《あさくさ》で発行された俳人番付『誹諧士角力番組』では、横綱などを飛び越え、別格の差添役となっている。当時、指折りの俳人と目されていたことがわかる。

掲句などは、そういった当時の俳壇の高評価にふさわしい詠みぶりではないだろうか。

すでにふれた〈いうぜんとして山《やま》をみる蛙哉《かはづかな》〉などとおなじく大きく構えた泰然自若の句である。

どれだけ行々子がけたたましく鳴き交わそうとも、大河は永遠の静けさを湛《たた》えて流れ続ける。

雅《みやび》と俗、永遠と一瞬、不易と流行、そういった相反するものが一句のなかでひとつになっている。一茶の句が大きいゆえんである。

【参考】

同年の作に、

よし切《きり》やことりともせぬちくま川《がは》　（『文政句帖《ぶんせいくちよう》』文政五年《ぶんせいごねん》）

がある。〈ことりともせぬ〉の口語のおもしろさがあり、〈ちくま川〉という具体的な川名が入っていることで、より一句は詳細になっているが、そのぶん、一句が小さくなっている感は否めない。

春《はる》立《たつ》や愚《ぐ》の上《うへ》《ウエ》に又《また》愚《ぐ》にかへ《エ》る　（『文政句帖《ぶんせいくちょう》』文政六年《ぶんせいろくねん》）

春《はる》がやってきた。愚《ぐ》に生《い》きた上《うえ》にまた愚《おろ》かに帰《かえ》っていく。

✻季語は「春立《はるた》つ」で新年。旧暦では立春と新春はほぼ同じ時期であった。文政六年（一八二三）の歳旦吟《さいたんぎん》である。自身の「愚」をみつめることが、晩年の一茶にとって大きな主題であった。くりかえしになるが、「愚」とは、悟りを開き得ないで、煩悩《ぼんのう》にさいなまれながら生きていることである。

だれしも賢くなろうと努力をするが、しかし、なかなかうまくいかない。そこで多くの人は、賢いふりをして生きようとする。ものがわかったかのようにふるまって、じぶんをごまかしながら生きていく。

一茶はそういった生き方を否定して、自身の「愚」をひたすら見つめて生きていくことにした。

「愚」に馴《な》れることなく、「愚」に徹して生きる。掲句はその決意表明である。

じつはこの句よりもその前書きのほうが有名である。長いので一部抜粋する。

住《す》み馴《な》れし伏家《ふせや》を掃《は》き出《いだ》されしは、十四《じふし》（じっさいは十五）の年《とし》にこそありしが、巣《す》なし鳥《とり》のかなしみはただちに塒《ねぐら》に迷《まよ》ひ、そこの軒下《のきした》に露《つゆ》をしのぎ、かしこの家陰《いへかげ》に霜《しも》をふせぎ、あるはおぼつかなき山《やま》にまよひ、声《こゑ》をかぎりに呼子鳥《よぶこどり》、答《こた》へる松風《まつかぜ》さへもの淋《さび》しく、木《こ》の葉《は》を敷寝《しきね》に夢《ゆめ》をむすび、又《また》あやしの浜辺《はまべ》にくれは鳥《とり》、人《ひと》も渚《なぎさ》の汐風《しほかぜ》にからき命《いのち》を拾《ひろ》ひつつ、くるしき月日《つきひ》おくるうちに、ふと諧々《かいかい》たる夷《ひな》ぶりの俳諧《はいかい》を囀《さへづ》りおぼゆ。（『文政句帖』）

十五歳で家を出されたあと、路頭に迷い、住む家もなく、あるときは軒下で雨露をしのぎ、あるときは山中や海浜に野宿して過ごすという苦しい月日を送っていたことをいっている。そしてそのうちに俳諧を覚えたという。

「夷《ひな》ぶりの俳諧」とは田舎風の俳諧という意味である。一茶自身が信濃からきた田舎者だということ、最初に学んだ葛飾《かつしか》派が田舎蕉門《しょうもん》といわれていたことなどから謙遜《けんそん》していったものだろうが、自身の作風をうまくいい得ている。

一茶は続けて記す。

今迄《いままで》にともかくも成《な》るべき身《み》を、ふしぎにことし六十一《ろくじふいち》の春《はる》を迎《むか》へるとは、実《じつ》に盲亀《まうき》の浮木《ふぼく》に逢《あ》へるよろこびにまさりなん。されば無能無才《むのうむさい》も、なか〳〵齢《よはひ》を延《のべ》る薬《くすり》になんありける。　　（『文政句帖』）

一茶はそんなじぶんが還暦を過ぎてなお生きていることを素直に喜んでいる。溺《おぼ》れている目の見えない亀が浮木を見つけたとき以上の喜びがあるというのだ。傍《はた》からみて、みっともないくらい手放しで喜んでいる。おそらく一茶はそんなことは気にもしないのだろう。

こうした考えになるのは、あいついで幼い子どもたちを亡くし、自身も大病を患《わずら》ったことが大きいのではないだろうか。「もう自分はいつ死んでもいい」などということは、一茶はけっして書かない。

愚に徹するということは、生きることにとことん執着することなのかもしれない。

鶏《にはとり》《ニワトリ》の座《ざ》敷《しき》を歩《ある》く日《ひ》永《なが》哉《かな》（『文政句帖《ぶんせいくちょう》』文政六年《ぶんせいろくねん》）

鶏《にわとり》が座敷《ざしき》にあがりこんで歩《ある》いている。なんとも日永《ひなが》であることよ。

✽季語は「日永」で春。春分を過ぎて日が長くなった感じをいう。

新春詠であるが、じつに長閑《のどか》な様子である。座敷に上がりこんだ鶏が畳の上を歩いているのだが、追い払われる様子もない。

こうした長閑な句からはじまった文政六年（一八二三）であったが、一茶にとって、もっとも嘆きの深い年ではなかっただろうか。

二月、菊が癪《しゃく》（原因不明の疼痛《とうつう》をともなう内臓疾患）に苦しみだす。以降、激しいめまいに悩まされ、薬を飲ませても吐くような状態をくりかえす。ひどい浮腫《ふしゅ》も起こる。

四月、菊の容態は悪化し、金三郎に乳をあげられない状態になる。そこで柏原赤渋《あかしぶ》の富右衛門という者の娘が、よく乳が出るということで、金三郎をあずけることになった。

一茶はあの手この手を尽くし、さまざまな薬を手に入れ、菊に与えるが、さっぱり効果がない。介抱の甲斐《かい》なく、五月十二日、菊は亡くなる。三十七歳の若さであった。

翌日、菊との最後の別れをさせようと、あずけていた金三郎を呼び寄せたところ、腹が背にくっつくほど痩《や》せ細り、目も虚《うつ》ろに開いたままで衰弱しきっていた。乳母の乳が出ず、水をやっていたものらしい。急ぎあらたな乳母のもとへあずけて、なんとか一命をとりとめた。

しかし、十二月二十一日、金三郎は亡くなってしまう。

ふたたび一茶は一人になってしまった。

さびしさに飯《めし》をくふ也《ウ》秋《あき》の風《かぜ》（『文政句帖《ぶんせいくちよう》』文政八年《ぶんせいはちねん》）

さびしさに飯《めし》を食《く》っているのだ。秋《あき》の風《かぜ》が蕭条《しようじよう》と吹《ふ》いている。

✽季語は「秋《あき》の風《かぜ》」で秋。

一年のうちに妻子を相次いで失った一茶の悲しみはいかばかりであったろう。

もと〳〵の一《いち》人《にん》前《まへ》ぞ雑《ざふ》煮《に》膳《ぜん》（『文政句帖《ぶんせいくちよう》』文政七年《ぶんせいしちねん》）

朝《あさ》顔《がほ》に涼《すず》しくくふやひとり飯《めし》（『文政句帖』文政七年）

一句目、「雑煮」で新年。「もともと一人で食べていた雑煮膳ではないか」とじぶんに言い聞かせている。

二句目、「朝顔」で秋。朝顔がひらく朝、ひとり涼しく飯を食っている様子。〈涼しく〉というのは、気候の涼しさというよりも内面の涼しさであろう。

いずれの句も強がっている感じがもどかしい。

一人になった一茶を周囲も心配したようで、再婚の話がまとまる。文政七年（一八二四）五月、飯山《いいやま》藩士の娘・雪《ゆき》と再婚する。雪は三十八歳。雪もまた再婚であった。ところが、三ヶ月と持たずに離縁することになる。理由はわからない。結婚生活の間、一茶がほとんど家に居なかったことが原因の一つかもしれない。

雪を離縁した翌月、一茶は中風《ちゆうぶう》を再発する。離縁の心労などが積み重なっていたのかもしれない。今回は重症で言語障害になってしまった。

掲句であるが、〈朝顔に涼しくくふやひとり飯〉の強がりから一転して、さびしさをまっすぐいっている。

どちらが「愚」に徹した生きかたかといえば、あきらかに掲句のほうであろう。どちらが「あるがままか」といえば、それもやはりおなじであろう。

あさがほに我《われ》は食《めし》くふおとこ哉《かな》　芭蕉《ばせう》（『みなしぐり』）

一茶のどちらの句もこの芭蕉の句を下敷きにしている。

あるとき芭蕉の弟子で豪放磊落《らいらく》で鳴らす其角《きかく》が〈草《くさ》の戸《と》に我《われ》は蓼《たで》くふほたる哉《かな》〉と詠んだ。蓼食《く》う虫も好き好きというように、自分は蓼食う蛍であり、夜の街を好きに飛び回っているという意であるが、芭蕉の句はそれに対して、じぶんは朝顔が咲く早朝には起きて、花を眺めながら飯を食う、いたってまじめな男なのだといっている。

一茶もまたそのようにいいたいのである。

翌、文政九年（一八二六）八月、一茶は再再婚する。相手は三十二歳の宮下ヤヲという。越後国妙高《えちごのくにみょうこう》（現・新潟県妙高高原）の出身で、柏原の小升屋という旅館の奉公人をしていた。すでに二歳になる倉吉《くらきち》という男子があったが、一茶が引き取り、同居することになった。

花《はな》の影《かげ》寝《ね》まじ未《み》来《らい》が恐《おそ》しき（『文政九《ぶんせいく》・十年句帖写《じゅうねんくちょううつし》』文政十年《ぶんせいじゅうねん》）

花《はな》の陰《かげ》では寝《ね》まい。未来《みらい》が恐《おそ》ろしい。

✻季語は「花」で春。俳句では花といえば桜のことをいう。

「死ぬのが怖い」

そんな一茶の声がはっきりと聞こえてきそうな句である。

「未来」というのは、ここでは死後の世界という意味になる。一茶は死にたくないといっているのだ。

願《ねが》はくは花《はな》の下《した》にて春《はる》死《し》なむ
その如月《きさらぎ》のもちづきのころ　（西行《さいぎょう》『山家集《さんかしゅう》』）

掲句はこの西行の有名な和歌を踏まえている。願わくは満開の花の下で死にたい。それも如月（いまの三月）の満月のころに、というのである。

「願わくは花の下で死にたい」

西行はみずからの死をいさぎよく受け入れようとしている。そして、その死を美しく演出しようとしてさえいる。

西行の死を恐れない姿は、たしかに恰好《かっこう》はいいが、悪くいえば、どこか生身の感情ではない、しらじらしさを感じさせる。西行のような伝説的な人だからこそ、こういった歌がさまになるのであって、ふつうの人が真似をするとただ滑稽《こっけい》なだけであろう。

一茶は西行の和歌を踏まえながら、まったく逆のことを詠んでいる。〈春立《はるたつ》や愚《ぐ》の上《うへ》に又愚《またぐ》にかへる〉でも述べたが、一茶は生きることに徹底的に執着している。それが一茶にとって愚に生きることであり、あるがままに生きることであった。それを恥ずかしがる素振りもない。むしろ自虐的な笑いに変えている。一茶のたくましさはここにある。

この句を詠んだとき、すでに一茶には死の予感があったのではないだろうか。じっさい、この年の冬には一茶は最期を迎えることになる。そういった意味では、この句を一茶の辞世といってもいいのではないだろうか。

ちなみに一茶の辞世といえば、〈盥《たらひ》から盥《たらひ》へうつるちんぷんかん〉という句が広まっているが、これは後世の作である。

【参考】

この句には、つぎのような前書きが付いている。

耕《たがや》さずして喰《くら》ひ、織《おら》ずして着《き》る体《てい》たらく、今《いま》まで罰《ばち》のあたらぬもふしぎ也《なり》

家や田畑のことは、妻や下女にまかせて、じぶんは俳句に専念している。それでこれまで罰が当たっていないことを不思議におもっているのだ。

やけ土《つち》のほかり〳〵や蚤《のみ》さはぐ（わ）（書簡《しょかん》　文政十年《ぶんせいじゅうねん》）

焼《や》けた土《つち》がほかりほかりと温《あたた》かいことだ。蚤《のみ》が騒《さわ》ぎだした。

✽季語は「蚤」で夏。

文政十年（一八二七）閏《うるう》六月一日、大火事が柏原一帯を焼きつくした。一茶の家も母屋が全焼。一茶はかろうじて焼け残った土蔵に寓居《ぐうきょ》した。

土蔵には小さな高窓が一つあるばかりで、光はわずかしか入ってこず、昼でも真っ暗である。間口はおよそ三間半（約六・四メートル）、奥行は二間二尺（約四・二メートル）。そこに一茶のほか、妻・ヤヲ、連れ子の倉吉、高齢の継母《ままはは》、異母弟夫婦の六人がいたが、土蔵の中は蚤だらけだったのだ。

〈ほかりほかり〉は温かいものをいうときの〈ほかほか〉とおなじ意味合いの擬態語であろう。悲惨な状況のはずだが、〈ほかりほかり〉という、のんびりしたことばの響きによって、おかしみが滲《にじ》んでくる。

土蔵で蚤が騒いでいる状態は、ふつうであれば、うんざりすることであるが、一茶の蚤に対するまなざしには、余裕とやさしさがある。まるで騒いでいる子どもたちをみつめているかのようだ。

おなじ閏六月中に、しばし土蔵暮らしを離れ、中野《なかの》（現・長野県中野市）の門人・素外のもとに世話になり、つぎの句を詠んでいる。

瘦蚤《やせのみ》の不便《ふびん》や留守《るす》になる庵《いほり》（『発句鈔追加《ほっくしょうついか》』文政十年《ぶんせいじゅうねん》）

じぶんが土蔵を留守にしているあいだ、蚤が満足に血を吸えずに不憫《ふびん》であるといっている。一茶自身、いままさに悲惨な状況下にあるにもかかわらず、血を吸いにくる疎ましい存在であるはずの蚤が瘦せ細ることを心配して、おかしがっているのだ。

継母のいじめ、理不尽な離郷、あいつぐ子どもの死、妻の死、離婚、大病、そして火事。

一茶の人生は一貫して悲惨なものであったが、それを悲惨なものとして詠むことは少なかった。人生の悲惨を乗り越えたところに一茶の俳句があった。

この年の十一月十九日、一茶は不意に気分が悪くなり、寝こんでしまう。その日の中の下刻《さる》（十六時半過ぎごろ）、一茶は土蔵で亡くなる。六十五歳であった。

「南無阿弥陀仏《なむあみだぶつ》」とただ一声、念仏を唱えて、しずかに息を引き取ったという。

一茶が暮らした土蔵（写真提供:一茶記念館）

このとき妻・ヤヲのお腹には一茶の子どもが宿っていたのだが、一茶はそのことを知らぬままであった。翌年四月に女の子が誕生。やたと名づけられ、明治《めいじ》六年（一八七三）まで生きた。

解説　近代俳人、一茶

長谷川　櫂（俳人）

大谷弘至の『小林一茶』は他の追随を許さない一茶論である。二〇一七年という現時点でそうであるし、今後の一茶論をリードしてゆく基本書になるだろう。ここに描かれているのは、これまでの古い一茶（いわば、ダメな一茶）ではなく、芭蕉に次ぎ、蕪村をしのぐ俳句の巨人としての一茶である。その点、この本は古い一茶像に対する、そして長い間、何の批判もなくそれを受け入れてきた時代の風潮に対する大谷の挑戦の一書である。

もちろん、この本は一茶の俳句鑑賞に徹しているのだが、そこから浮かび上がる、いいかえれば著者が思い描く一茶像は、これまでになく斬新であり巨大である。読者は一茶の個々の俳句について書かれた文章を読みながら、パズルの断片を拾い集めるように著者の描く一茶像をふたたび自分の中に組み立てることになるはずだ。

しかも、この本が初めて一茶を読む人々のための文庫本として書かれていること、一部の研究者だけでなく誰でも手に取ることができ、かつ誰にもわかるように書いてあることを考えれば、大谷の新しい一茶像は浸透力を備え、社会に蔓延してしまっている古い一茶像を根底から塗り替えてゆく力を秘めているといわなくてはならない。

ではこの本の一茶像のどこが斬新であり、巨大なのか。

まず「子ども向け俳人」「ひねくれ者の俳人」と軽んじられてきた従来の一茶像をことごとく覆している点である。それはこの本の構成を見るだけで明らかだろう。まず冒頭に「よく知られた一茶」の句を並べる。

我《われ》と来《き》て遊《あそ》べや親《おや》のない雀《すずめ》
瘦《やせ》蛙《がへる》まけるな一《いつ》茶《さ》是《これ》に有《あり》
やれ打《うつ》な蠅《はへ》が手《て》をすり足《あし》をする

このような一茶の代名詞ともいうべき俳句を抜き出して評しているのは、何もこれらの俳句を一茶の真骨頂として褒めそやそうというのではない。これらの句によって広まってしまった子ども向け、ひねくれ者というイメージを洗い直そうとしているのだ。

洗い直しの結果、「子ども向け」とは子どもでさえもわかる、いいかえれば誰にでもわかるということである。なぜなら一茶の句はすべて日常の言葉で書かれているからである。また「ひねくれ者」とは個人の心理がありありと表現されているということにほかならない。つまり「子ども向け」「ひねくれ者」というマイナスのカードをみごとにプラスのカードに変えてみせるのだ。

日常語の使用と個人の心理描写。どちらも芭蕉や蕪村の俳句にはなかった特徴である。芭蕉や蕪村の俳句には『源氏物語』や西行の歌をはじめ王朝、中世の古典文学がちりばめられているので、古典を学んだ人でなければわからない。また心理描写も古典文学の型を踏まえていた。一茶の俳句はこの二つの点で古典から自由である。同時にそれは一茶の俳句が近代文学の領域に進んでいたことの何よりの証拠でもある。

次に大谷は、一茶を近代の最初の俳人として打ち出している。というと、「日本の近代は明治から。一茶が生きた時代は近代以前だったのではないか」と思う人がいるだろう。たしかにこれまで日本の近代は明治にはじまったと考えられ、学校でもそう教えてきた。

しかし明治時代にはじまったのは近代ではなく西洋化である。そして今までは西洋化を進めた明治を誤って近代ととらえ、教えてきたのだ。近代＝西洋化の時代とすることが誤りであるのは、それでゆくなら、西洋の近代も西洋化の時代という、おかしなことになることをみれば明らかだろう。

近代を西洋化の時代と考えるのは日本という地球の一地域でしか通用しない限定的な近代の定義にすぎない。そしてこの誤った近代の定義がこれまで日本で通用してきたのは、明治政府の指導者たちが、新しい時代がいかに「遅れた江戸時代」より優れているかを宣伝するために、明治時代を現実以上に美化したからである。それが「近代」だった。国民も歴史学者も文学者もこの明治政府の定義に従ってきた。『坂の上の雲』をはじめ明治を題材にした司馬遼太郎の小説もそれにならっている。

では日本だけでなく世界全体で通用する近代の定義は何か。

近代とは大衆化の時代であり、近代化とは大衆化にほかならない。政治がもっともわかりやすい。十八世紀後半、アメリカとヨーロッパで起こった近代市民革命（アメリカ独立戦争とフランス革命）によって西洋は絶対君主制を脱して近代民主制に移行する。君主制から民主制へ。これは政治の担い手が一人の君主から多数の有産市民階級（ブルジョアジー）に拡散したということであり、とりもなおさず政治の大衆化のはじまりだった。同じように大衆化が社会のさまざまな分野で進んでゆく。これこそほんとうの近代である。

この本来の意味での日本の近代はいつはじまったのか。

日本の近代も、遅くとも江戸時代の後半、西洋と同じ時期にははじまっていた。大谷は文化文政時代（一八〇四〜三〇）をすでに日本の近代ととらえる。それは一茶（一七六三〜一八二八）が四〇〜六〇代を過ごし、その俳句が豊穣な収穫期を迎えた年代である。ではなぜ文化文政時代が日本の近代なのか。なぜ近代大衆社会が出現していたのか。

文化文政時代は江戸幕府第十一代将軍、徳川家斉の治世「大御所時代」（一七八七〜一八四一）の後半に当たる。家斉は幕府の財政が傾きかけているにもかかわらず、贅沢のかぎりを尽くした。いいかえれば贅沢という名の公共事業を半世紀にわたって実施しつづけた。これによって貨幣が庶民にまで行き渡る。お金を懐にした人々は文化芸能に手を染めようとした。その一つが俳句だった。この時期に俳句人口は一挙に膨れ上がり、この数の変化が俳句の質の変化を迫ることになる。

大御所時代、とくに後半の文化文政時代、貨幣経済の浸透によって日本と日本人が変わろうとしていた。さまざまな分野での大衆化が進み、日本の近代がはじまっていた。俳句はその一端にすぎない。その点で大御所時代は日本の大変革期の一つであり、それに比べれば明治維新は遅れた政治の遅れた近代化にすぎない。

芭蕉や蕪村の時代、俳句は作り手も読み手も古典文学を学んだ教養人たちだった。古典文学を知らなければ自分で作ることはおろか、読むこともできなかった。しかし大御所時代に入ると、古典文学など知りもしない圧倒的な数の人々が俳句をするようになった。当然、古典文学を知らなくても作れて読める俳句が求められる。このとき、現代までつづく近代大衆俳句の時代が幕を開けようとしていたのである。

この時代の求めにもっともよく応えたのが一茶だった。一茶は北信濃の農家の生まれ、古典文学などとは初めから無縁の人だった。いわば教養の欠落が幸運にも新しい時代が求める資質となった。人生は皮肉といわなければならない。こうして時代の寵児となってゆく一茶の名句について、大谷は広い視野のもと、揺るぎない視点に立ち、豊富な資料を駆使して鑑賞してゆく。

天《てん》に雲雀《ひばり》人間《にんげん》海《うみ》にあそぶ日《ひ》ぞ
白魚《しらうを》のどつと生《うま》るゝおぼろ哉《かな》
涼風《りやうふう》の曲《まが》りくねつて来《き》たりけり
手《て》にとれば歩《ある》きたくなる扇哉《あふぎかな》

露《つゆ》の世《よ》ハ露《つゆ》の世《よ》ながらさりながら
花《はな》の影《かげ》寝《ね》まじ未《み》来《らい》が恐《おそろ》しき

一茶の修養時代から晩年までの俳句を拾ってみたが、これだけをみても芭蕉や蕪村との著しい違いが浮かび上がる。その一つは古典文学に頼らず、誰にでもわかるふつうの言葉で書かれていること。そして作者の気持ちが生き生きと（ときに生々しく）描かれていることである。この二つが近代文学の条件である。そればかりか一茶の人生を眺めると、まず自分中心であること、父の遺産への執着、夫婦関係など近代市民としての資格を備えている。一茶は「チョンマゲの近代市民」だったのだ。

一茶が近代俳人のはじめであること。大谷のこの視点は一茶像の洗い直しだけでなく、一茶の前後の俳句史にも波及してゆくはずである。まず芭蕉や蕪村が古典主義の俳人であったことがより鮮明になる。次に一茶にはじまった近代大衆俳句が現代までつづいていること。正岡子規は近代俳句の創始者ではなく、高浜虚子とともに一茶からつづく近代大衆俳句の流れの中に位置づけられることになるだろう。

　さらに一茶の洗い直しの影響は俳句のみに留まらない。明治維新から六十年たって昭和に入ると、各方面で「近代の超克」が唱えられるようになる。文学では戦前の保田与重郎と日本浪曼派、戦後の三島由紀夫を考えればいい。彼らは超えるべき近代を西洋化の時代と誤ったために、ことごとく排外的な（尊皇攘夷的な）国粋主義に陥った。もし近代を大衆化の時代ととらえていたら事態はまったく違ったものになっていただろう。

小林一茶略年譜

西暦	年号	齢	小林一茶関連事項
一七六三	宝暦13	1	五月五日（九月四日とも）、信濃国柏原（現在の上水内郡信濃町柏原）に農家の長男として生まれる。本名弥太郎。父は弥五兵衛、母はくに。柏原は北国街道の宿場町として新たに開発された土地。小林家は菩提寺・明専寺の移転に伴い、三河国から一六三六（寛永十三）年に移住。代々、敬虔な真宗門徒であった。
一七六五	明和2	3	母・くに死去。
一七七〇	明和7	8	継母・さつ（はつ）が来る。
一七七二	安永元	10	異母弟・仙六（専六）誕生。継子いじめが始まる。
一七七六	安永5	14	祖母・かな死去。一茶にとって家庭内で唯一の味方であった。
一七七七	安永6	15	春、江戸へ奉公に出される。当時の封建的家族制度において、

			長男が家を出されることは極めて異例であった。奉公先は諸説あるが不明。以後十年間、空白。
一七八七	天明7	25	江戸で俳諧師を志す。山口素堂を祖とする葛飾派に所属。リーダーの溝口素丸の内弟子となる。ほかに同門の小林竹阿、森田元夢に師事。春、葛飾派の撰集『真左古』が刊行、現存最古の一茶の句がみえる。
一七八九	寛政元	27	みちのく行脚に出る。芭蕉の「奥の細道」をたどる修行の旅であった。
一七九〇	寛政2	28	七月、師・竹阿死去。亡師の庵号、「二六庵」を一茶が継ぐことで話が進む。一人前の俳諧師として葛飾派内外に認められることを意味した。
一七九一	寛政3	29	四月、初めて帰郷する。のちに『寛政三年紀行』（稿本）にまとめる。
一七九二	寛政4	30	春、西国行脚へ出立。足掛け七年、関西、四国を中心に肥後までおよぶ旅であった。大伴大江丸（大坂）、栗田樗堂（伊予）ら当時一流の俳諧師と交わる。のちに『西国紀行』（稿本）に

			まとめる。
一七九五	寛政7	33	冬、処女撰集『たびしうゐ』刊行。七月、師・溝口素丸死去。加藤野逸が葛飾派を後継する。
一七九八	寛政10	36	二月、西国の旅の締めくくりとして撰集『さらば笠』刊行。六月、関西を発つ。一旦帰郷ののち、九月には江戸へ戻る。
一七九九	寛政11	37	正式に「二六庵」継承か。しかし二年後には庵号の使用をやめる。葛飾派内で問題を起こしたためといわれるが真偽不明。
一八〇〇	寛政12	38	師・元夢死去。葛飾派入門以来の師をすべて失う。関西で発行された俳人番付に前頭で載る。
一八〇一	享和元	39	四月、帰郷中、父が傷寒（腸チフス）を発病、翌月死去。享年六十九歳。一茶は父の遺言どおり、遺産の分割相続を望んだが、継母と弟の抵抗にあい、遺産相続争いが始まる。話し合いはまとまらず、九月、江戸へ戻る。この時のことを『父の終焉日記』（稿本）にまとめる。
一八〇二	享和2	40	『享和二年句日記』（稿本）執筆。この年より夏目成美との親密な交流が始まる。

一八〇三	享和3	41	この年より房総地方への旅が頻繁になる。門弟の指導や勢力拡大が目的であった。『享和句帖』（稿本）執筆。
一八〇四	文化元	42	一月、『文化句帖』（稿本）執筆開始。一八〇八年（文化五年）五月まで続く。この年より「一茶園月並」を発行開始。今日の結社誌のようなもの。以後、二、三年にわたって定期的に発行されたものとみられる。
一八〇七	文化4	45	一月、葛飾派のまとめ役であった野逸が死去。次第に葛飾派と疎遠になる。七月、父の七回忌法要のため帰郷。十一月、遺産分割協議のために再度帰郷も進展せず。
一八〇八	文化5	46	十一月、遺産分割協議、一旦まとまるも決裂。一茶が賠償金を要求したため。この頃、信州（長野市長沼、中野市）にて神社の俳額の選者を依頼される。信州においても知名度が高まりつつあった。
一八〇九	文化6	47	四月、帰郷。遺産分割協議を一から再開するも決裂。この間、信州（小布施、高山村等）に門弟を増やす。『文化六年句日記』執筆。

一八一〇	文化7	48	『七番日記』執筆開始。一八一八（文化十五）年四月まで。五月、遺遺産分割協議のため帰郷も決裂。信濃の門弟を巡回指導。十一月、夏目成美宅で金子紛失事件が起こり、一茶も五日間禁足にあう。
一八一一	文化8	49	俳人番付「正風俳諧名家角力組」で東方八枚目に載る。江戸在住俳人としては三番目の高位。『我春集』（稿本）を執筆。
一八一二	文化9	50	十二月、帰郷。江戸を引き払い、柏原に借家を借りる。『株番』（稿本）を執筆。
一八一三	文化10	51	一月、一茶の要望が通り、遺産相続争いが決着する。『志多良』（稿本）執筆。
一八一四	文化11	52	二月、借家から生家へ移る。四月、菊（二十八歳）と結婚。母方の遠縁にあたる。十一月、江戸俳壇引退を記念して撰集『三韓人』刊行。
一八一六	文化13	54	四月、長男・千太郎誕生も翌月には死去。十月、『あとまつり』刊行。（一茶代編）
一八一七	文化14	55	十二月、『正風俳諧芭蕉葉ぶね』刊行。（田川鳳朗編、一茶校

			合）
一八一八	文政元	56	五月、長女・さと誕生。この年より『だん袋』（稿本）執筆開始。一八二三（文政六）年まで。
一八一九	文政2	57	六月、長女・さと死去。『八番日記』（稿本）執筆開始。一八二一（文政四）年まで。
一八二〇	文政3	58	十月、次男・石太郎誕生。十月、雪道で転倒。中風（脳卒中）に罹る。半身不随になるも自家療法により治癒。この年、『おらが春』（稿本）執筆か。
一八二一	文政4	59	一月、石太郎死去。妻菊の不注意による。「石太郎を悼む」を執筆。俳人番付「誹諧士角力番組」に別格の差添役で載る。当代一流の高評価。
一八二二	文政5	60	三月、三男・金三郎誕生。『文政句帖』（稿本）執筆開始。一八二五（文政八）年まで。『まん六の春』（稿本）執筆。
一八二三	文政6	61	五月、妻菊死去。享年三七歳。十二月、三男・金三郎死去。俳人番付「諸国流行俳諧行脚評定／為御覧俳諧大角力」に別格最高位の行司役で載る。

一八二四	文政7	62	五月、飯山藩士の娘雪（三十八歳）と再婚するも八月に離婚。
一八二五	文政8	63	閏八月、中風再発。言語障害に。竹駕籠にのって信濃の門弟を巡回指導。
一八二六	文政9	64	八月、越後出身のヤヲ（三十二歳）と再々婚。倉吉（二歳）という男児連れであった。この年、門弟住田素鏡のために撰集『たねおろし』を代編、刊行。
一八二七	文政10	65	閏六月、柏原大火に遭う。母屋を失い土蔵暮らしを強いられる。十一月十九日、死去。
一八二八	文政11		四月、娘やた誕生。
一八二九	文政12		門人らの手により『一茶発句集』刊行。
一八四八	嘉永元		『俳諧一茶発句集』（墨芳編、一具序）刊行。
一八五二	嘉永五		句文集『おらが春』（一之編）刊行。

◆参考文献◆

○一茶を知るための基本図書
『一茶全集』（全八巻＋別巻）信濃教育会編、信濃毎日新聞社、一九八〇
『一茶句集』玉城司、角川ソフィア文庫、二〇一三
『一茶俳句集』丸山一彦、岩波文庫、一九九〇（新訂版）
『七番日記』（上・下巻）丸山一彦、岩波文庫、二〇〇三
『父の終焉日記・おらが春 他一篇』矢羽勝幸、岩波文庫、一九九二
『小林一茶』小林計一郎、吉川弘文館、一九八六（新装版）
『信濃の一茶─化政期の地方文化』矢羽勝幸、中公新書、一九九四
『小林一茶─人と文学』矢羽勝幸、勉誠出版、二〇〇四
『一茶秀句』加藤楸邨、春秋社、一九六四
「小林一茶」（『日本文学全集 12』（池澤夏樹個人編集））長谷川櫂、河出書房新社、二〇一六
『一茶大事典』矢羽勝幸、大修館書店、一九九三

○その他参考文献
『一茶秀句選』丸山一彦、評論社、一九九〇

『信州向源寺一茶新資料集』矢羽勝幸編、信濃毎日新聞社、一九八六
『湯薫亭一茶新資料集』矢羽勝幸・湯本五郎治編著、ほおずき書籍、二〇〇五
『一茶の総合研究』矢羽勝幸編、信濃毎日新聞社、一九八七
『一茶新攷』矢羽勝幸、若草書房、一九九五
『一茶の俳風』前田利治、冨山房、一九九〇
『親鸞入門』早島鏡正、講談社現代新書、一九七一
「近世における仏教の民衆化—二—俳諧寺一茶の仏教観」（『大倉山論集』第三一輯、三一輯）早島鏡正、大倉精神文化研究所、一九九二
『念仏一茶』早島鏡正、四季社、一九九五
『妙好人とかくれ念仏』小栗純子、講談社現代新書、一九七五
『文化文政期の民衆と文化』青木美智男、文化書房博文社、一九八五
『小林一茶—時代をよむ俳諧師』青木美智男、山川出版社、二〇一二
『小林一茶—時代を詠んだ俳諧師』青木美智男、岩波新書、二〇一三
『小林一茶と房総の俳人たち』杉谷徳蔵、暁印書館、一九八一
『小林一茶と越後の俳人』村山定男、考古堂書店、一九八五
『小林一茶と北信濃の俳人たち』中村鉄治、地方・小出版流通センター、一九九七
『柏原町区誌』柏原町区、一九八八
『江戸町人の研究』（全六巻）西山松之助編、吉川弘文館、一九七二〜七九

『化政文化の研究』林屋辰三郎編、岩波書店、一九七六
『人口から読む日本の歴史』鬼頭宏、講談社学術文庫、二〇〇〇
『文明としての江戸システム』鬼頭宏、講談社学術文庫、二〇一〇
『藩校と寺子屋』石川松太郎、教育社歴史新書、一九七八
『江戸の寺子屋入門』佐藤健一編、研成社、一九九六
『日本近世都市論』松本四郎、東京大学出版会、一九八三
『天下泰平』横田冬彦、講談社学術文庫、二〇〇九
『成熟する江戸』吉田伸之、講談社学術文庫、二〇〇九
『都市　江戸に生きる』吉田伸之、岩波新書、二〇一五
『天明の江戸打ちこわし』片倉比佐子、新日本新書、二〇〇一
『幕藩体制の展開と動揺』（上・下）井上光貞ほか編、山川出版社、一九九六
『天文学者たちの江戸時代』嘉数次人、ちくま新書、二〇一六
『百姓たちの江戸時代』渡辺尚志、ちくまプリマー新書、二〇〇九
『村　百姓たちの近世』水本邦彦、岩波新書、二〇一五
『天下泰平の時代』高埜利彦、岩波新書、二〇一五

初句索引

本書掲載の俳句等の初句（同一の場合二句または三句まで）を、歴史的仮名遣いの五十音順で示した。数字はページを表す。

ら行

わ行

ビギナーズ・クラシックス 日本《にほん》の古典《こてん》

小林一茶《こばやしいっさ》

大谷弘至《おおたにひろし》＝編

平成29年 9月25日 初版発行
令和7年 6月30日 13版発行

発行者●山下直久

発行●株式会社KADOKAWA
〒102-8177 東京都千代田区富士見2-13-3
電話 0570-002-301（ナビダイヤル）

角川文庫 20557

印刷所●株式会社KADOKAWA
製本所●株式会社KADOKAWA

表紙画●和田三造

●お問い合わせ
https://www.kadokawa.co.jp/（「お問い合わせ」へお進みください）
※内容によっては、お答えできない場合があります。
※サポートは日本国内のみとさせていただきます。
※Japanese text only

ISBN978-4-04-400290-9 C0192

角川文庫発刊に際して

角　川　源　義

第二次世界大戦の敗北は、軍事力の敗北であった以上に、私たちの若い文化力の敗退であった。私たちの文化が戦争に対して如何に無力であり、単なるあだ花に過ぎなかったかを、私たちは身を以て体験し痛感した。西洋近代文化の摂取にとって、明治以後八十年の歳月は決して短かすぎたとは言えない。にもかかわらず、近代文化の伝統を確立し、自由な批判と柔軟な良識に富む文化層として自らを形成することに私たちは失敗して来た。そしてこれは、各層への文化の普及滲透を任務とする出版人の責任でもあった。

一九四五年以来、私たちは再び振出しに戻り、第一歩から踏み出すことを余儀なくされた。これは大きな不幸ではあるが、反面、これまでの混沌・未熟・歪曲の中にあった我が国の文化に秩序と確たる基礎を齎らすためには絶好の機会でもある。角川書店は、このような祖国の文化的危機にあたり、微力をも顧みず再建の礎石たるべき抱負と決意とをもって出発したが、ここに創立以来の念願を果すべく角川文庫を発刊する。これまで刊行されたあらゆる全集叢書文庫類の長所と短所とを検討し、古今東西の不朽の典籍を、良心的編集のもとに、廉価に、そして書架にふさわしい美本として、多くのひとびとに提供しようとする。しかし私たちは徒らに百科全書的な知識のジレッタントを作ることを目的とせず、あくまで祖国の文化に秩序と再建への道を示し、この文庫を角川書店の栄ある事業として、今後永久に継続発展せしめ、学芸と教養との殿堂として大成せんことを期したい。多くの読書子の愛情ある忠言と支持とによって、この希望と抱負とを完遂せしめられんことを願う。

一九四九年五月三日